너를 부르는 꽃

작가의 말

이 소설의 소재는 전작인 《감정 보관함》의 모델이 되었던 주인공의 일상에서 채취했습니다. 《감정 보관함》이 필기를 놓치지 않으려고 2회로 나누어 벌 받기를 자청한 여고생 이야기에서 자극을 받아 쓴 소설이라면, 《너를 부르는 꽃》은 고3이 된 그 아이가 대입 전형을 준비하는 과정에서 '학생생활기록부 세부능력 및 특기사항'의 내용을 조금만 더 보강해 달라고 담당 교사에게 부탁했다가 교권침해라고 비난받았다는 이야기에 착안해 썼습니다. 사건을 조금 더 들여다보니 아이가 그 고등학교와 인연을 맺은 절차부터가 매우 특이했습니다. 학령인구가 줄어드는 상황에서 몇몇 사립학교들은 학생유치작전에 열을 올렸고, 아이는 중3 담임의 강력한 권유로 어쩔 수 없이 그쪽으로 휩쓸린 케이스였습니다. 다행히 아이는 그 고등학교를 무사히 빠져나왔고, 예술대학에 진학해 신나게 학교 생활을 하고 있습니다.

그렇다고 제가 쓴 소설이 그 아이에게 환영받았다는 이야기는 아닙니다. 너의 사연을 소설로 썼다며 기쁜 마음으로 《감정 보관함》을 내밀었으나 도입 부분에서 '소유는 소라 안에 사는 지질한 '나'이다.'라는 대목을 읽고는 분통을 터트렸고 다시는 책을 펼치지 않았습니다. 아마 《너를 부르는 꽃》 역시 비슷한 대접을 받을 것이고 보면 두 편의 소설 모두 내가 부르는 나의 노래임을 부인하기 어려울 것 같습니다.

'내가 먹는 음식이 나이고, 내가 읽는 책이 나'라는 말이 있습니다. 무엇을 먹었느냐에 따라 하루 종일 기분 좋은 행복감을 누리기도 하고, 내가 들은 말이나 책에서 읽은 한 구절이 조심스러워 며칠 마음을 쓰기도 합니다. 이 소설을 쓰면서 우리 주변의 약자들, 특히 여성의 옷을 입고 있는 이들과 함께하고 싶다는 열망이 더 강해졌고, 긴 시간 불 앞에 둘러앉아 이런저런 이야기를 나눈 느낌입니다. 숨 쉬는 사이사이, 들숨과 날숨의 마디마디에서 과거와 현재와 미래가 한꺼번에 솟구쳐 또 다른 기억을 직조해내는 경이로운 경험이 글쓰기라고 생각합니다. 우리 사회가 약자들끼리의 연대와 협력에 더 많은 힘을 쏟았으면 합니다.

책은 오래 계속될 것입니다.

이 책에 옷을 입혀준 풀과바람에 감사드리며, 이미 우리 곁에 도착한, 내일을 함께할 모든 청소년에게 이 소설을 바칩니다.

낭상순 드림.

너를 부르는 꽃

1판 1쇄 │ 2022년 11월 30일

글 │ 남상순

펴낸이 │ 박현진
펴낸곳 │ (주)풀과바람
주소 │ 경기도 파주시 회동길 329(서패동, 파주출판도시)
전화 │ (031) 955-9655~6
팩스 │ (031) 955-9657
출판등록 │ 2000년 4월 24일 제20-328호
블로그 │ blog.naver.com/grassandwind
이메일 │ grassandwind@hanmail.net

편집 │ 이효숙
디자인 │ 박기준
마케팅 │ 이승민

값 13,000원
ISBN 978-89-8389-093-1 43810

※ 이 도서는 2022년 한국문화예술위원회의 아르코문학창작기금(발간지원)
  사업에 선정되어 발간된 작품입니다.

너를 부르는 꽃

남상순 · 글

풀과바람

차례

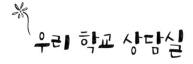

우리 학교 상담실

우리 학교 3학년 상담실에는 두 명의 붙박이 귀신이 있다. 한 명은 우리 반 담임 구승재이고, 다른 한 명은 이름을 몰라 무명 씨라 불린다.

최근 아이들의 관심은 온통 무명씨에 쏠려 있다. 늦여름부터 모습을 보이기 시작한 무명씨가 교복을 입은 것 같다고 처음 말한 사람은 7반의 손화정이었다. 손화정이 언뜻을 보았다는 소문은 다음과 같이 전해졌다.

연일 비가 내리던 처량한 날, 번개가 치고 천둥소리가 요란해지며 세상이 온통 깜깜해졌을 때였다. 5교시 수업 도중 화장실에 가기 위해 복도를 지나가던 손화정은 문이 덜컥 열리는 소리에 놀라 상담실 쪽을 쳐다봤다가 소스라치며 뒷걸음질했다. 평소에 상담실 문이 열리면 웅장한 클래식 음악이 무너진 댐의 폭포수처럼 쏟아졌으나 그날은 아니었다. 상담실 이쪽에서 저쪽으로 걸어가던 무명씨와 눈이 딱 마주치고 말았던 것이다. 손화정과는 처음이지만 우리 학교 학생 전체로 볼 때는 여섯 번째 만남이었다. 학교 이사장의 사위인 구승재는 수업에 들어갔을 시간이었고, 교실 밖으로 나와 서성거리는 아이라고는 손화정뿐이었다. 무명씨의 불타는 빨간 눈에서 빛나는 액체 같은 것이 아래를 향해 흘러내렸는데 꼭 불붙은 여우꼬리를 보는 것 같았다고 한다. 하지만 무명씨가 자신을 해치려 하는 것 같지는 않았기에 도망치기보다는 그 자리에 서서 양손으로 자신의 입술을 틀어막았다. 그리고 이렇게 몸부림쳤다.

"으, 으, 으, 으……."

그러자 맞장구라도 치듯이 무명씨가 가쁜 숨을 몰아쉬었다.

"스, 스, 스, 스……."

순간 무명씨의 긴 머리카락이 출렁거리며 한곳으로 모여 오른편 가슴 쪽으로 흘러내렸다. 우리 학교에서 최고로 간이 큰 손화정이지만 그 대목에서는 줄행랑치지 않을 수 없었다. 교실 안으로 들어가기 전에 무명씨가 입은 교복의 낯선 디자인이 마음에 걸려 잠깐 상담실 쪽으로 시선을 돌렸다. 그 위치에서는 상담실 출입문이 보이지 않아 무명씨가 뭘 하고 있는지 확인할 수는 없었지만 아무리 떠올려 봐도 본 적 없는 교복이라는 생각뿐이었다. 우리가 사는 G시에는 중학교와 고등학교가 각각 여섯 개인데, 그중 어느 학교 교복과도 일치하지 않았다. 무명씨는 G시의 학생은 아닌 것 같았다고 한다.

"그 나이에 어떻게 하다 언눈이 되고 만 거야?"

언눈(unknown)은 내 유일한 친구 이나리가 붙인 무명씨의 영국식 영어 발음인데, 어느새 아이들 사이에서 널리 통용되기 시작했다.

무명씨가 된 소녀의 사연.

모두가 궁금해하고 있는 일이지만 아는 사람이 있을 리 없었다. 하필이면 왜 우리 학교에 나타난 것인지도 오리무중이었다.

그나마 손화정에 의해 언눈이 십대 소녀이며 중학생이나 고등학생일 수도 있다는 추측이 가능해졌다.

"상담실에 쭉 함께 있으니까 구승재와 상관있지 않을까?"

"같이 있는 건 아니야. 언눈은 구승재가 교실로 들어가 수업하고 있을 때 주로 나타나."

"언눈이 구승재 뒤에서 구승재가 보고 있는 노트북을 들여다보다가 목을 조르는 걸 봤다는 아이가 있는데?"

계속 듣고 있자니 왠지 모르게 짜증이 났다. 언눈이 구승재를 혼내줬으면 좋겠다는 생각이 들었지만 이어진 이야기는 실망스럽기 짝이 없었다. 언눈은 구승재 목을 조르다가 제풀에 지쳐 나가떨어졌으며 가쁜 숨을 몰아쉬었다.

그나마 눈빛은 강했다고 한다.

"눈에서 뿜어져 나온 불빛이 오로라처럼 구승재 머리 위로 흐르더래."

이나리의 말에 나는 픽, 웃음이 났지만 하릴없이 맞장구를 쳐주었다. 언눈의 불쇼가 손화정에게는 불붙은 여우꼬리 같았고, 이나리에게 이르러서는 오로라로 상상되었다는 게 퍽 재미있게 들렸다. 누구나 머릿속에 저마다의 필터를 갖추고 있어 보고 싶은 대로 보고 듣고 싶은 대로 듣는 셈인데, 따지고 보면 세상일 중에서 그보다 흥미로운 것은 없었다. 사람이나 사물의 흔적이 다 같은 형태로 보이고 다 같은 소리로 들린다면 인생은 무척 싱거워질 것 같았다. 이나리는 내 친구의 이름이자 핀란드의 호수 이름이다. 영국 유학생이었던 이나리의 엄마는 이나리를 임신한 몸으로 핀란드에 갔고, 이나리 호수에서 오로라를 보며 우주의 신비스러움을 주체하지 못해 눈물을 쏟았다고 한다. 얼마나 감동이 깊었는지 뱃속의 아이 이름까지 이나리라고 지을 정도였다는 것이다. 영국에서 초등학교에 다니다가 4학년 때 한국으로 돌아온 이나리는 영어시간에 자꾸 영국식으로 발음하는 습관을 드러내 선생님으로부터 두어 차례 지적을 당한 적이 있었다. 나는 이나리가 말하는 오로라나 핀란드, 브라이튼 같은 단어를 격하게 좋아했다. 크라이스트 민스터라는 단어는 유난히 멋있었다. 하지만 오로라 같은 불빛이 구승재 머리 위로 흐르더라는 말에는 몸서리치지 않을 수 없었다. 나는 행복감을 주는 내 단어들이 구승재와 연결되는 게 싫었고 왠지 모를 모욕으로 느껴질 때가 있었다.

어쨌거나 내 눈은 아직 안 본 눈이다. 제발 언눈이며 불타는 여우꼬리는 보지 않고 중학교를 졸업했으면 좋겠다고 했더니 이나리의 표정이 심드렁해졌다.

"중학교 졸업을 하려면 고등학교부터 정해야겠지?"

하필이면 그 순간 복도를 지나가던 구승재가 나에게 면담시간을 통보했다.

"도은경, 오늘 수업 끝나고 상담실로 와."

진학상담이고 순서상 내 차례가 된 것은 분명하지만 말할 수 없이 불쾌하고 꺼림칙했다. 도대체 멀쩡한 교실과 교무실을 두고 왜 만날 상담실로 오라는 것인지 이해가 안 갔다.

내가 상담실을 싫어하는 이유는 거기서 언눈을 만날까 봐 겁이 나서만은 아니었다. 상담실에 가면 그보다 더 심각한 문제를 혼자 겪어야 하기 때문이다.

이를테면 아이들 중 누군가 교실에 있는 담임을 향해 "오늘 급식 대신 체육 선생님이 햄버거 쏘기로 했어요."라고 전하면 구승재는 그걸 못 알아들어 이렇게 반응한다.

"하늘 아래 낙화암이 어디 있느냐고?"

그게 끝이 아니다.

"너희들 정말 몰라서 묻는 거냐, 엉?"

여기서 구승재가 재미있게 농담하는 거라고 생각하면 완전한 착각이다. 그다음 말을 듣고 나면 진상은 확연해진다. 앞자리에 앉은 아이가 "뭐래!"라고 환장하겠다는 표정을 지으면 절대 그것을 바르게 들었을 리 없는 구승재는 "뭐긴 뭐야, 넌 중학생이 되어 낙화암도 몰라? 무주에 있는 백제 도시 안 가봤어?"라며 옥박지른다. 상대의 입 모양을 보고 대충 짐작해서 대꾸하는 건데 완전히 자기 식대로다. 그 뒤로는 침 튀기는 요설이 하염없이 이어진다.

"삼천 궁녀! 그 애들이 알고 보면 어떤 애들인지 알아? 다 시시하고 별 볼 일 없는 집안에서 자란 아이들일 거라고. 그런 애들이 이거, 이거 하나 타고 나서 궁궐로 들어와 잘 먹고 잘살게 된 거 아니야."

그러면서 보기만 해도 토 나올 것 같은 자기 상판을 손으로 착, 착, 소리 나게 두드린다.

"얼마나 기가 막힌 행운이냐. 길 가다가 하늘에서 금덩어리 세례를 받는 거랑 뭐가 달라. 그런 애들이 무슨 불만이 있어 낙화암에서 모조리 뛰어내리고 만 건지 이해가 안 가. 난 그래서 무주 같은 데로는 놀러도 안 가."

아이들은 저마다 귀를 틀어막고 정신 나간 것처럼 눈을 뒤집거나 엎드린다. 낙화암이 무주가 아니라 부여에 있다는 사실 같은 것은 도저히 교정해 줄 도리가 없다. 그걸 교정해 주려면 "무주가 아니라 부여에 있어요!"라는 말을 또박또박 백 번쯤 외쳐야 한다.

구승재는 단순히 말귀를 못 알아먹는 게 아니다. 아직 40대 중반에 불과한 나이지만 그의 귀는 맛이 갔다. 그래놓고 보청기도 끼지 않는다. 다른 과목 선생님이 뭘 전하러 왔다가 못 알아먹고 엉뚱한 소리를 해대는 구승재가 답답해 "선생님, 제발 보청기 좀 하세요."라고 휴대폰에 글자를 써서 보여 주면, "내가 귀머거립니까? 보청기를 하게."라며 아주 기분 나쁜 표정을 짓는다. 구승재가 전화벨이 울려대는 교무실에 있지 않고 상담실로 도피해 있는 이유는 분명하다. 그는 교사 업무를 수행할 능력을 거의 상실한 상태였다.

그런데 그 뒷감당을 왜 우리 반 아이들이 고스란히 떠안아야 하는 것인가. 상담실에 가서 상담할 때는 정말이지 벌떡 일어나 "도대체 왜 사직서를 제출하지 않고 학교에 남아 있는 것입니까?"라고 소리치고 싶어질 만큼 흥분될 때가 있다. 답답한 나머지 휴대폰으로 대화하자며 전화기를 꺼내면 글자 치는 게 번거롭다고 거절하는가 싶다가 어느새 남의 휴대폰을 빼앗아 이것저것 눌러보는 진상 짓도 서슴지 않는다. 아무리 이사장 사위라지만 저런 구승재를 학교는 왜 방치하며 나 몰라라 하는지 납득하기 어렵다. 우리 반 뒷자리에 앉은, 아무도 못 말리는 경은이는 선생님 옆을 지나가면서 "이런 소나무재선충 같은 인간아!"라고 한 적도 있다. 좀 심하기는 했지만 덕분에 우리 반 아이들 모두 15년 묵은 체증이 사라지는 해탈의 순간을 경험했다. 참고로 구승재의 교과 담당은 수학이고, 경은이가 말하는 소나무재선충이란 루트니 코사인, 탄젠트 같은 수학 속 골치 아픈 온갖 기호들을 말한다.

그런 구승재와 면담을 해야 한다고 생각하니 머리가 아플 지경이었다.

다행히 정명희가 나보다 앞서 면담이 잡혀 있어 나는 이나리와 함께 학교 앞에서 떡볶이를 먹으며 미리미리 기분을 풀어두었다. 할머니에게 전화를 걸어 집에 늦게 갈 것 같다는 사실도 알렸다.

이나리는 집으로 돌아가고 나 혼자 학교 안으로 들어가 3층으로 올라가는데 면담을 마친 정명희가 계단을 내려오고 있었다.

"담임이 뭐래?"

"뭐, 그냥……."

그러더니 휙, 하고 계단을 내려가 엉덩이를 삐딱거리며 사라져 버리는 게 아닌가. 다른 아이였다면 너 나 무시하느냐며 한바탕 싸움이 벌어졌을 수도 있겠으나 정명희는 평소에도 워낙 말이 없어 그러려니 하고 넘어갔다. 상담실 문을 열었을 때 구승재는 없고 음악 소리가 발가락구린내처럼 내 호흡기관을 압도해 왔다.

첫 만남

　참 잘 되었구나, 때는 이때다 싶어 집으로 도망치려고 할 때
였다. 어느새 등 뒤로 나타난 구승재가 내가 멘 책가방을 멱살
처럼 잡고 상담실 안으로 떠밀었다.

　나는 양손으로 귀를 틀어막으며 상담실 안쪽으로 들어가 엉
거주춤 섰다. 음악 소리가 커도 너무 컸다. 볼륨이 단지 구승재
의 귀에 맞추어져 있는 거라면 얼마든지 이해할 수 있었다. 시
력이 안 좋은 사람도 사물의 생김새를 궁금해할 수 있고, 귀가
어두운 사람도 음악이 주는 혜택을 열망할 수 있으니까. 구승
재가 클래식 음악을 무시로 틀어둔 이유는 그것과는 무관했다.
구승재에게 클래식 음악은 바리케이드 역할에 가까웠다. 상담실을 다른 이들의 접근불가 구역으로 만들어버리는 효과를 내고 있었기 때문이다. 히사이시 조라는 일본 연주가를 모르는 것으로 볼 때 구승재는 절대 클래식 음악과 친밀한 사이가 아니었다. 구승재가 잠깐 교실 앞자리를 비운 사이에 몇몇 아이들이 다가가 노트북을 만지다가 캐리비안의 해적을 튼 적이 있는데 그걸 가지고 군대행진곡이라고 해서 깜짝 놀란 적도 있었다. 구승재가 "너희도 군대 가고 싶냐?"라고 물었을 때는 아연실색한 아이들이 모두 교실 밖으로 나가버렸고, 이 일화는 우리 학교 전교생이 다 알 정도로 유명세를 탔다.

"시끄러워요!"

내가 손바닥을 양쪽 귀에 대며 방방 떴더니 구승재가 마우스를 이용해 노트북 창을 내렸고 장중한 클래식 음악이 뚝, 꺾어지는 소리를 내며 멈췄다. 순간 내 입에서 흘러나온 욕설이 타이밍에서 미끄러지며 좁디좁은 상담실 안을 채우고 말았다.

"뭐라고? 씨앗을 심고 왔다고?

구승재의 헛소리가 섬뜩했던 내 기분을 안정시켰으나 아주 잠깐이었다.

"어디에? 어디다 뭘 심었는데?"

"아니거든요."

나는 다급하게 두 손으로 가위표를 그었다. 다행히 씨앗이 어떻고 하는 기나긴 이야기가 반복되지는 않았다.

구승재는 곧장 본론으로 들어가지 않고 워밍업이라도 하려는 듯 크래커 한 봉지를 뜯더니 과자 두 개를 꺼내 한꺼번에 씹어 먹으며 나에게도 권했다.

"먹어."

리츠 오리지널 비스킷이었다. 그 유명한 빨간 과자 상자는 속을 비운 뒤 구승재의 손에 의해 탁자 밖 저만치로 던져졌다. 나는 됐다며 과자를 다시 구승재 앞으로 밀어놓았다. 그런 종류의 과자와 인연을 끊은 것은 이미 초등학교 저학년 때였다. 나는 상담실 안을 둘러보면서 다분히 무명씨를 의식하고 있었다. 눈에 띄는 물건이나 이상한 기운 같은 것은 감지되지 않았다. 작은 사이즈의 냉장고와 몇 권의 문제집이 꽂힌 책꽂이 그리고 철제 캐비닛 하나가 전부인 곳이었다. 캐비닛 속을 열어보지는 않았지만 왠지 모르게 지금 이 순간 무명씨가 상담실 안에 있을 것 같지는 않았다. 빨간색 리츠 오리지널 비스킷 상자 속에 숨어 있는 게 아니라면 말이다.

쩝쩝거리며 비스킷을 열 개쯤 먹고 난 구승재는 인위적인 헛기침을 한 번 하더니 본론을 꺼내기 시작했다.

"네가 가면 좋을, 굉장한 고등학교가 있어 추천하려고 불렀다."

"네?"

이어 내 입에서는 "누가 고등학교를 추천해 달랬다고……" 하는 중얼거림이 새어 나왔다. G시에 고등학교는 여섯 개였고, 나뿐만 아니라 대부분의 아이들은 자신이 가야 할 고등학교가 어디쯤인지 알고 있는 편이었다. 여섯 개 중에는 외국어고등학교가 한 곳, 인문계 고등학교가 네 곳이었고, 이름만 거창하게 붙인 실업계고등학교가 한 곳 있었다. 나는 오래전부터 집 근처 여자고등학교로 진학하게 될 거라는 사실을 운명처럼 받아들이고 있었다. 그 학교 곁을 지나갈 때 저곳이 내가 앞으로 다녀야 할 고등학교라는 사실을 환기하면 그럭저럭 마음이 편안해졌고, 때로는 알 수 없는 애정이 솟구쳐 학교 이름을 사탕처럼 입속에서 굴려보기도 했었다. 나는 때가 되면 그 학교 이름을 원서에 써넣을 것이고, 당연하다는 심정으로 추첨 결과를 기다릴 것이다. 그래서인지 나는 구승재가 권하는 학교가 어느 학교냐고 물어볼 필요도 느끼지 못한 채 가만히 앉아 있었다.

구승재가 말했다.

"우리 시에 있는 학교가 아니라 가까운 S시에 있지만 버스 타면 30분 걸리니까 전혀 문제 될 게 없어."

그러고는 내 얼굴이며 안색 같은 것을 살피는 것이었다. 학교를 권하는 과정에서 먼 거리를 가장 큰 걸림돌로 여긴 게 분명했다. 구승재의 입에서 드디어 학교 이름이 나왔다.

"두성미래선도고등학교라고 들어봤지? 우리 동남여자중학교 작년, 재작년 졸업생들도 거기 많이 갔는데."

"네……."

대답은 했지만 생소한 이름이었다.

"매니저학과나 코디네이터학과 같은 게 있어 장래 직업선택에 큰 도움이 될 거야. 게다가 교장 선생님이 얼마나 훌륭하신 분인지 모르지? 교과 선생님들도 다 좋아. 말 그대로 다음 세대를 선도할 인재를 양성하는 유서 깊은 학교야. 그뿐인 줄 아니? 장학금이며 이런저런 혜택이 얼마나 많은데. 졸업한 뒤에는 공무원을 해도 되고 대학에 갈 수도 있어."

그러고는 또 한 번 내 얼굴을 힐끗 살폈다.

"어때?"

나는 솔직하게 고백했다.

"잘 모르겠어요."

고개를 열심히 가로젓다가 딱 한 번 갸우뚱한 것은 구승재라는 인간에게 맞춘 나만의 반응이었다. 어떤 식으로든 의사를 표현해야 했으나 전혀 관심 없다고 잘라 말하기에는 부담감이 없지 않았다. 문이 열려 있다고는 해도 상담실 안에 둘만 있다는 사실도 신경 쓰였다. 휴대폰을 꺼내 검색해 보고 싶은 생각은 들지 않았다. 구승재가 소개하는 학교의 이름이 모든 것을 말하고 있었다. 이름만 들어도 그곳은 인문계고등학교가 아니라 실업계고등학교였다. 나는 작가가 되고 싶기에 작가 수업이 가능한 학교로 진학하고 싶었다.

"전 인문계 갈 건데요. 부모님과도 그렇게 약속했어요."

가방에서 노트를 꺼내 커다랗게 써서 보여 주었다.

"부모님? 어떤 부모님?"

"네?"

하아……. 갑자기 스트레스가 몰려왔다.

"엄마는 안 계시니까 아빠 말하는 거야? 아빠는 멀리 해외에 계시다며?"

"네, 그렇지만 전화로 그렇게 하라고 말씀하셨어요."

노트에는 '전화로'라고 적었고, 손으로는 전화 거는 시늉을 해 보였다. 정확히 말하면 내가 인문계로 갈 거라고 먼저 말했고 아빠는 당연히 그래야 한다며 동의했다.

"너는 그동안 할머니와 살았고 아빠는 한동안 해외에서만 사신 분이라며? 그런 사람이 국내 상황을 어떻게 알아? 하루가 다르게 변하고 바뀌는 한국 사정을 네 아빠라는 사람이 어떻게 알겠냐고?"

'아빠라는 사람이?'

나는 이 대목에서 비상벨을 누르듯 "선생님!"을 연거푸 불렀으나 구승재는 자기 할 말에만 열중했다.

"옛날에는 뭘 몰라서 너도나도 인문계 고등학교에 갔지만 지금은 시대가 변했어. 알고 보면 인문계처럼 실속 없는 데가 없다니까. 요즘 거기 나온 애들 다 어떻게 되었는지 알아? 기껏 반에서 한두 명만 서울에 있는 대학 가고, 나머지는 뭘 해야 할지 몰라 편의점이나 커피숍에서 알바하면서 청춘을 소비하며 빌빌거린다고. 너 평생 그렇게 살고 싶어? 인생 그따위로 살고 싶어?"

"읍⋯⋯."

나는 무슨 소리가 흘러나올지 몰라서 내 입을 틀어막았다. 구승재의 꼰대스러운 막말은 그 뒤로도 한참 이어졌다. 차마 아빠한테 전하기 어려운 독설도 있었다.

"너는 결손가정 아이야. 사회에 나가면 아무도 쳐주지 않아. 그걸 숨길 수 있을 줄 알아? 사람들은 네가 그냥 평범하게 웃어도 그 웃음 속에서 결손가정 유전자를 바로 찾아내. 그러니 일찌감치 정신 차리고 공무원 시험 준비하는 게 너한테 맞는 방법이야."

주제가 시소를 타기도 했다. 그렇게 공무원 시험 준비하라고 했다가 불현듯 태도를 바꿔 실업계 전형으로 훨씬 쉽게 대학갈 수 있는 방법이 있는데 뭐 하러 인문계 가서 무식하게 머리 싸매가며 공부하느냐고 분통을 터트리기도 하는 것이었다. 어느 순간 나는 생존 본능을 발동해 귀를 닫았다. 노트도 덮어 가방에 넣어버렸다. 구승재의 논리가 내 안으로 들어오지 않도록 차단하는 방법은 마음의 문을 굳게 잠그는 것 말고는 없었다. 한 학기 동안 구승재에게 시달리다 보니 별다른 노력 없이도 저절로 그렇게 되었다. 거의 졸릴 지경이 되었을 때였다.

"야! 팔 안 풀어? 선생님 말씀하시는데 어디서 버릇없게 팔짱이나 끼고 말이야."

구승재가 버럭 소리를 질렀다. 죄송하다는 말 같은 것은 생략했다. 듣지도 못하는 사람에게 그런 말을 해봐야 내 입만 아플 게 뻔했다.

"다시 한 번 말하지만 두성미래선도고등학교는 너한테 딱이야. 너 같은 아이를 위한 맞춤형 고등학교라고. 하늘이 주신 기회니까 놓치지 말고, 알겠나?"

"의논해…… 보겠습니다."

나는 눈을 내리깔면서 고개를 약간 숙였다. '아빠와'라는 단어는 의도적으로 뺐다. 내 입 모양을 읽고 있을 텐데 아빠라는 단어가 내 입에서 나오는 순간 또 무슨 말도 안 되는 요설이 이어질지 모르는 일이었다.

"그럼 그렇게 알고 가 봐."

구승재가 말했다. 나는 두말없이 일어섰다.

총총거리며 계단을 내려와 운동장으로 나섰을 때였다. 뒤가 당기는 느낌이 들어 학교 현관 쪽을 돌아보고 3층 건물 여기저기를 살펴보았다. 상담실은 교사 뒤편 응달진 곳에 있었지만 구승재가 운동장이 보이는 쪽으로 나와 내려다보고 있다면 축지법이라도 사용할 작정이었다. 그런데 나를 내려다보고 있는 것은 구승재가 아니라 모르는 소녀였다. 장소는 본관 옥상이었다. 언뜻 보면 우리 학교 학생 중 누군가 옥상에 올라가 있는 것처럼 보이지만 절대 그럴 수 없는 일이었다. 우리 학교 본관 옥상은 학교 이사회의 요구로 단단히 폐쇄되어 아무도 접근할 수 없는 구역에 속했다. 소녀는 교복을 입고 있었고 묶지 않은 머리카락을 길게 늘어뜨린 상태였다. 커다란 교복 단추의 반짝거림이 멀리서도 유난히 눈에 띄었다.

'언눈이다!'

아직은 대낮인 데다 거리가 멀어 눈에서 불이 흐르는지는 알 수 없지만 온몸에 소름이 돋았다. 휴대폰 카메라가 떠올랐으나 찍을 엄두는 나지 않았다. 우선은 살고 봐야 한다는 생각이 앞섰다.

　서둘러 학교 정문을 벗어났을 때였다. 땅을 보며 빠르게 걷고 있는데 한 여학생이 눈앞을 막아섰다. 부딪칠 뻔했으나 용케 피했다. 안도의 한숨을 내쉬며 세 걸음쯤 걷다가 나도 모르는 사이에 돌아보았더니 여학생 역시 걸음을 멈춘 채 나를 쳐다보고 있는 게 아닌가. 잠깐 서로가 서로를 스캔하는 사이에 그 애의 이름표가 눈에 들어왔고, 곧이어 반짝거리는 교복 단추가 눈알이 되어 내 얼굴에 박혀버렸다. 잉크가 퍼진 것처럼 이름표에 새겨진 이름은 희미하게 뭉개져 있었으나 성씨가 '하'라는 것은 분명히 읽을 수 있었다. 교복 단추는 두 개씩 두 줄로 모두 네 개였다. 우리 학교 교복 단추는 세 개이고 나란히 한 줄이다.

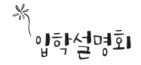

입학설명회

다음 날 내가 본 언눈의 인상착의가 삽시간에 소문으로 퍼졌다. 나는 그냥 이나리에게만 슬며시 이야기했을 뿐인데 어느새 여중인 우리 학교는 물론 이웃 학교 아이들까지 관심을 보이며 SNS를 달구었다.

"교복 단추가 네 개라고? 헐⋯⋯."

그뿐만이 아니었다.

"단추가 이렇게, 이렇게 되어 있다는 거잖아."

지우개 같은 것을 이용해 자신의 교복 앞자락에 단추 모양을 만들어 확인하는 아이도 나왔다. 잠시 그런 교복이 어디 있느냐는 말이 대세를 이루기도 했으나 나에 대한 의심보다는 너무 고전적이어서 요즘 교복 같지 않다는 의견이었다. 어쩌면 언눈은 4·19혁명 무렵이나 군사독재 시절의 여학생일는지 모를 일이었다. 교복 단추가 아니라 결혼식 예복 같다는 말에 인터넷 포털 사이트를 검색했더니 이미지가 떴다. 서울이며 지방에 있는 몇몇 학교의 교복 단추가 그런 모양이라는 사실이 드러났다.

"이 학교야? 이런 교복이었어?"

평소에는 나를 거들떠보지도 않던 아이들조차 휴대폰을 들고 내 자리로 쳐들어왔다.

"아니, 치마에 붉은색은 없었던 것 같아. 이것보다는 흐린 색에 가까워……. 하지만 디자인은 이런 식이야……. 정확히 사각 무늬인지는 모르겠지만."

손화정은 뒤늦게 나의 관찰력에 동의해주었다. 그 애는 언눈의 교복이 우리와 다르다는 것은 알았지만 뭐가 어떻게 달랐는지 몰랐다가 내 말을 듣고 난 뒤 비로소 자신이 보았던 것을 정리할 수 있었던 것 같다.

나의 하루는 무지하게 바빠졌다. 점심시간이 되기도 전에 파김치가 되고 말았다. 내가 본 귀신에 대해 자꾸만 반복해 들려달라는 아이들의 요구를 받아주다 보니 귀신에 씐다는 게 무슨 말인지 알 것 같았다. 내 머리 양쪽, 특히 귀 위쪽 부분은 귀신이 똥이라도 싸놓은 것처럼 딱딱하게 굳어버렸다.

"뭐 다른 건 본 거 없어? 그게 다야?"

왠지는 모르지만 나는 그 질문이 마음에 들지 않아 의도적으로 대답을 회피했다. 그렇다. 나는 언눈의 이름표를 보았지만 누구에게도 그 사실을 말하지 않았다.

어느 시점이 되자 안 되겠다는 생각이 들었다.

"더 이상 언눈에 대해 말하지 않을 거야. 계속 말했다가는 미쳐버리고 말 것 같아."

하지만 그 소망은 이루어지지 못했다.

동남여자중학교 출신 선배들이 입학설명회를 열기 위해 학교에 온다고 구승재가 귀띔한 지 반나절 만에 그녀들이 학교를 방문했다. 처음에는 관심을 보이는 아이가 거의 없었다. 입학설명회라면 이미 두어 차례 치른 적이 있었다. 심지어는 서울 한복판에 있는 학교에서 선생님과 선배들이 우리 학교에 찾아오기도 했기에 이번에도 같은 경우라고 지레짐작했다.

점심시간이 지나면서 상황은 반전되었다. 무려 다섯 명이나 되는 선배들이 우리 반 교실로 들어서는 순간에는 맙소사, 그야말로 기절초풍할 지경에 이르렀다.

"단추가 네 개야!"

누가 먼저 알아차리고 소리쳤는지는 모르지만, 그 선배들이 입고 있던 교복 재킷 앞자락에는 단추가 네 개씩 달려 있었다. 표면에 울퉁불퉁 금속을 입힌 듯 하얗게 반짝거리는 단추였다. 한 줄로 네 개인 것이 아니라 두 개씩 두 줄로 된 모양으로, 정확히 길에서 내가 본 언눈의 교복 단추와 같은 모양이었다. 아이들 역시 그것부터 확인하려고 들었다.

"맞지? 같은 교복이지?"

나는 거의 그렇다고 말해 주었다. 다른 점을 찾을 수 없었기 때문이다.

"아, 소름!"

"난 닭살 돋았어. 이것 좀 봐."

그때 구승재가 들어와 교탁에 서더니 조용히 하라고 했다. 구승재는 모두 집중해서 잘 들어보라고 하면서 요설을 펼쳤으나 아이들의 관심은 오직 선배들이 입고 있는 교복 재킷 앞단추에 쏠려 있었다.

구승재가 연설을 끝내자 선배들이 나란히 서서 차례대로 자기 이름을 소개하기 시작했다. 선배들과 같은 학교에서 온 선생님은 복도에 놓인 책상에 자리를 잡았고, 구승재는 5분가량 꾸물거리다가 교실을 나가 상담실 쪽으로 사라졌다.

"얘들아, 안녕! 방금 소개했듯이 우리는 두성미래선도고등학교에 다니는 선배들이야. 이렇게 만나게 되어 정말 반가워. 오늘 너희들을 찾아온 것은 우리가 다니는 고등학교를 소개하고 싶어서야. 지금부터 잘 듣고 많은 관심 가져주길 바랄게."

그렇게 운을 뗀 선배 한 명이 빔 프로젝터를 조작해 PPT 화면을 모니터에 띄웠다. 도움을 주는 선생님이나 학교 직원이 한 명도 없었는데도 선배들은 자기 물건 다루듯이 익숙하게 빔 프로젝터를 작동시켰다.

"이게 우리 학교 모습이야."

이어서 한 선배가 학교 교훈이며 지도 이념 같은 것을 레이저 빔까지 사용해 가며 설명했다. 매니저학과라면 어떤 매니저를 말하는 거냐고 물었을 때 카테고리매니저, 애드마스터라는 설명이 이어졌다. 아이들은 귀담아들었다. 수업 대신인 데다 처음 보는 선배들이어서 질문이든 뭐든 조심스러울 수밖에 없었다. 무엇보다 그 선배들이 걸친 교복이 우리의 시야를 압도하고 있었다.

두성미래선도고등학교에 입학하면 받을 수 있는 혜택이며 좋은 점들에 관해 요즘 유행하는 베네피트라는 단어까지 사용해 가며 설명하고 있을 때였다. 뒷자리에서 뒷자리로 A4 용지가 전해지는 모습이 내 눈에 띄었다. 학급 전체를 돌아 내 자리까지 왔을 때가 되어서야 종이의 정체를 알 수 있었다.

A4 용지 맨 위에는 다음과 같이 적혀 있었다.

'관심 있는 학생은 이름과 반, 휴대폰 번호를 적으세요.'

이름과 전화번호를 적은 아이는 모두 세 명이었다. 정명희의 이름이 맨 위에 올라가 있었다. 나는 이름을 적지 않고 뒷자리로 A4 용지를 넘겼다.

A4 용지는 순식간에 학급을 한 바퀴 돌고 복도에 있는 두성미래선도고등학교 선생님에게 전해졌다. 잠시 후 복도의 선생님이 이름을 부르자 정명희가 일어나 밖으로 나갔다. 교탁 앞의 선배들은 열심히 설명 중이었다.

"일반고에서 어중간한 애들, 정말 내신 따기 힘들어. 잠을 세 시간밖에 못 자면서 공부해도 대학 가기 힘든 상황인 거야."

다섯 명의 선배 중 대표로 보이는 언니가 특히 설명에 공을 들였다. 내가 기억하기로는 출입문 쪽에 서 있던 언니는 한마디도 하지 않았다.

마침내 설명을 끝낸 대표 언니가 질문이 있으면 해보라고 했으나 평소 수업시간에도 질문하지 않던 우리 반 아이들이고 보니 손드는 애가 나올 리 없었다. 선배들은 자꾸 다그치고 나 역시 미안해져서 시선을 회피하고 있을 때 한 선배가 "어, 그래 말해봐.”라고 하는 소리가 들렸다. 돌아봤더니 경은이였다.

"선배님들이 입고 있는 교복 재킷 앞단추는 언제부터 네 개였어요?"

아이들도 놀라고 선배들 역시 황당해하는 것 같았다. 대표언니가 나섰다.

"장난하지 말고."

출입문 쪽에 서 있던 언니가 나선 것은 그때였다.

"이전에는 어땠는지 모르지만 지금 입고 있는 교복으로 바뀐 것이 2013년도니까 아마 그때부터겠지? 그때부터 학과 같은 것도 완전히 바뀌었다고 들었어요. 환골탈태랄까? 왜요, 후배님들은 우리가 입고 있는 교복이 멋있어 보여요?"

그러자 몇몇 아이들이 고개를 가로저으며 대답했다.

"아니요, 무서워요."

이후 말릴 사이도 없이 중구난방 언눈의 이야기가 공개적으로 터져 나왔다.

너의 이름은

이야기는 계속되었고, 아이들이 하나둘씩 복도로 나가 상담을 받았으나 뚜렷한 사건이 일어나지는 않았다. 이를테면 두성미래선도고등학교에 진학하기로 마음을 바꾼 아이는 나오지 않았다. 그러는 사이에 기본적인 설명은 끝이 났다.

복도에 임시로 차려진 상담 부스 외에 삼삼오오 서서 떠드는 아이들의 주 관심사 역시 두성미래선도고등학교가 아니라 두성미래선도고등학교의 교복이었고 언눈이었다. 그룹마다 리더를 정해 놓기라도 한 것처럼 대화를 주도하는 아이가 있어 그 아이들을 중심으로 작고 동그란 원이 만들어졌고, 이나리는 그 어느 원 속에 들어가 대화에 몰입해 있었다. 나는 어느 곳에도 포함되지 못한 채 아이들 주변을 겉돌고 있었다. 언눈을 직접 만난 적이 있는, 몇 안 되는 아이 중 한 명이었으나 성격이 소극적이면 언제든 무리에서 배제될 수밖에 없는 세상의 이치가 교실에서도 똑같이 적용되고 있었다. 다만 나처럼 무리에서 떨어져 나와 주변을 맴도는 또 한 명이 있었는데, 우리 학교 학생이 아니라 두성미래선도고등학교에서 온 다섯 명의 선배들 중 한 명이었다. 설명할 때 출입문 쪽에 조용히 서 있던 언니였고, 이름표에는 이인선이라고 적혀 있었다. 교실 안보다는 창밖에 더 잦은 시선을 보내는 선배에게 다가가 먼저 말을 건 사람은 나였다.

"안녕하세요?"

"어, 그래. 은경아, 반가워."

선배가 내 이름표를 슥 보았다. 분위기가 어색해서 그런지 얼굴 표정이 무척 부자연스러웠고 심지어는 다른 곳으로 가버리고 싶은 것 같은 눈치였다. 나처럼 수줍음이 많은 사람이라는 사실을 알 수 있었다.

교실 창문 아래 이름 모를 꽃나무가 보였고, 그 옆에서 삼자루깨나 잡아보았을 것 같은 인부 아저씨가 담배를 피우며 서 있다가 가끔씩 우리 교실 쪽을 흘금거리며 쳐다보았다.

"선배님, 혹시 저 꽃나무 이름이 뭔지 아세요?"

"배롱나무일 거야."

선배의 표정이 조금 밝아졌다. 배롱나무 덕분인 것 같았다.

"선배님이 다닐 때도 있었어요?"

"어, 난 우리 학교에서 저 꽃나무만 유일하게 좋아했던 것 같아."

'유일하게'라는 단어가 내 마음에서 길게 머물렀다. 마치 그물에 걸려버린 물고기 같았다. 선배의 말은 이 배롱나무 외에는 아무것도 좋아하지 않았다는 뜻 같았다. 그러고 보니 표정이 좀 우울해 보이는 사람이었다. 무슨 말로 대화를 이어가야 하나 망설이는데 마침 이인선 선배가 분위기를 반전시킬 만한 한마디를 보냈다.

"아, 물론 좋아하는 친구는 있었지. 딱 한 명이었지만."

"와, 그건 저랑 같아요. 저도 친구가 딱 한 명이거든요. 이나리라고. 저기 저 애예요."

나는 뒷문 옆에 모여 있는 그룹에 끼어 신나게 떠들고 있는 이나리를 가리켰다. 이나리는 핏대를 세운 채 대화에 열중해 있었다.

"선배님, 뭐 좀 물어봐도 돼요?"

"뭔데?"

이인선 선배의 표정은 어느새 우울 모드로 돌아가 있었다.

"있잖아요, 선배님은 혹시 우리 학교에서 선배님네 학교로 진학했던 언니들을 모두 알고 있나요? 이름 같은 거 말이에요."

"백 퍼센트는 아니어도 어느 정도는 알 것 같은데, 왜?"

"혹시 하씨 성을 가진 선배도 있나요?"

"하씨?"

순간 선배의 표정이 눈에 띄게 흐려졌다.

'하씨 성을 가진 선배가 있다!'

그런 생각이 들자 모골이 송연해졌다. 나는 양 손바닥을 이용해 내 머리카락을 위에서 아래로 쓸어내렸다. 가슴이 쿵덕거리며 날뛰고 있었다.

"이름이……."

왜 그랬을까. 나는 그 이름을 결코 듣고 싶지 않았는데 내 입은 나도 모르게 그 이름이 무엇인지 묻고 있었다.

"하수정이라고……."

선배가 침을 꼴깍 삼켰다.

'아!'

'하수정이라고요? 어떻게…… 어떻게 하수정일 수가 있는 거죠?'

하지만 내가 아는 그 하수정이 아닐 수도 있었다.

선배가 말했다.

"그 일이 없었으면 아마 수정이도 입학설명회에 와야 한다는 말을 들었을지도 몰라. 수정이는 공부도 잘 하고 또…… 매사에 적극적이거든."

마치 뭐라도 찾으려는 사람처럼, 또는 더 할 말이 있는 사람처럼 선배가 내 눈을 골똘히 들여다보았고 나는 그 안으로 빨려 들어갈 것 같은 위태로움을 느꼈다. 잠시 후 이인선 선배가 한 마디를 더 남겼다.

"아마 그랬더라도 수정이는 입학설명회에 오지 않았을 거야."

나중에서야 그 말 속에 숨겨진 의미를 알았다. 이인선 선배는 하수정이 모교인 동남여중 입학설명회에 사정이 있어 못 온 것을 말하는 게 아니라 자신의 뜻으로 오지 않았을 거라는 점을 강조하고 있었지만, 그때의 나는 예민하게 그것을 간파해내지 못했다. 속에서 다른 충격을 받았던 점도 원인이었다.

만약 하수정이 입학설명회에 왔더라면 나는 예기치 않은 상황에서 하수정과 만날 뻔했던 것이다. 그랬다면 하수정은 나를 알아보았을까? 아니, 하수정이라고 말하지 않았어도 내가 알아볼 수 있을 만큼 하수정은 이전 그대로의 모습이었을까?

'하수정이라면…… 어떤 하수정이었나요?'

나의 심장박동 소리가 내 귀에 또렷이 찍히며 자국을 남겼다. 대체 하수정이라는 선배를 입학설명회에 오지 못하게 만든 그 일이란 무엇일까? 물어봐야 하는 걸까?

그때 아까 보았던 그 인부 아저씨가 복도를 지나가고 있는 게 보였다. 무심한 듯 우리 교실 안을 휘둘러보는 눈초리가 왠지 모르게 날카로웠다.

"왜 못 온 건데요?"

불쑥 용기를 내서 던진 나의 질문에 이인선 선배는 이내 대답하지 않고 복도를 지나가는 인부 아저씨에게 한눈을 팔고 있었다. 잠시 뒤 아저씨가 사라지자 선배가 대답했다.

"수정이는 지금 아파. 병원에 입원해 있는 중이야."

"그래요?"

안도의 한숨이 흘러나왔다. 살아 있는 사람이 언눈이 되어 내 앞에 나타났을 리는 없지 않은가. 언눈은 하수정이 아니다. 다행이었다.

"혹시 또 있어요? 하씨 성을 가진 선배?"

"아니, 없어. 그건 확실해."

나는 잠시 생각에 빠졌다. 이름표에서 본 '하'라는 글씨는 보고 싶은 대로 보고 읽고 싶은 대로 읽으려는 내 무의식의 반영일지도 모른다는 생각이 들었다. 병원에 입원해 있는 사람이 자신이 다녔던 중학교 앞에 나타날 수는 없는 일이고, 더구나 길에서 본 그 소녀는 어디가 아픈 사람처럼 보이지 않았다. 내가 잘못 본 것 같았다. 그냥 우리 학교 교문 앞을 지나가던 소녀를 언뜻으로 오해했을 가능성이 컸다. 이름표에서 '하'라는 글자를 보았다고 아이들 앞에서 이야기하지 않은 것은 잘한 일 같았다.

그렇다고 하더라도 의문이 다 가시는 것은 아니었다. 옥상에서 본 소녀에 대한 해명은 끝난 게 아니기 때문이다. 게다가 하필이면 이름이 하수정이라니, 영 찜찜했다. 그건 내 입에서 나온 것이 아니라 이인선 선배의 입에서 먼저 나왔다. 우연의 일치라고 하기에는 미심쩍은 점이 남아 있었다. 더구나 나를 보던 언뜻의 그 눈빛, 그건 분명 아는 사람을 향해 무언가 말하려던 눈빛이 아니었는가.

'모르겠다. 나중에 생각하자.'

마침 그때 이나리가 우리 곁으로 다가왔고, 서로를 소개하는 과정에서 이인선 선배의 전화번호를 함께 입력했다.

"혹시라도 두성미래선도고등학교에 관해 궁금한 게 생기면 전화해도 되죠?"

이나리가 말했다. 마음에도 없는 말을 잘도 하는 이나리였고 처음 보는 사람에게도 붙임성 있게 구는 성격이어서 그러려니 하고 넘어갔다. 6교시가 되자 두성미래선도고등학교 선배와 선생님은 다른 교실로 건너갔다.

나는 이나리에게 하수정에 관해 들었던 내용을 발설하지 않았다. 그게 이상하다는 생각을 하면서도 끝내 말하지 않았다.

"너 아까 그거 뭐야?"

대신 집으로 돌아가는 버스에서 이나리에게 물었다.

"뭐?"

"두성미래선도고등학교에 관해 궁금하면 전화하겠다고 한 거. 넌 그 학교에 관해 일말의 관심도 없잖아."

"관심은 없는데 담임이 나한테도 권했거든. 아까 선배들 하는 이야기 들어보니까 약간은 관심이 생기는 것 같아."

"그래?"

우리는 말 없이 각자의 휴대폰을 들여다보았다.

하나인데 둘로 보이는

집으로 갔더니 할머니가 보이지 않았다. 화장실이며 베란다, 옥상을 살펴봤지만 할머니 모습은 찾을 수 없었다. 냉장고를 열어 먹을 것을 뒤지다가 기어코 휴대폰을 꺼내 할머니에게 전화를 걸었으나 받지 않았다. 마음이 불안해졌다.

할머니가 옆에 있을 때는 잔소리가 심해 피해 다니고 내 방문도 닫아버리는 편이지만 할머니가 잠깐만 모습을 보이지 않으면 궁금하고 불안하다. 그 불안을 잠재우기 위해 이나리와 시답잖은 문자를 주고받았다.

문자가 시들해질 즈음 이나리가 제안했다.

💬 우리 병원에 한번 가볼래?

💬 병원?

💬 하수정 선배가 입원해 있다는 병원 말이야.

맙소사! 하수정을 어떻게 알았느냐고 물었더니 이나리는 무슨 소리냐며, 다 안다는 게 아닌가.

💬 다 안다고?

💬 아까 교실에서 온통 그 얘기만 했는데, 몰랐어?

💬 정말? 난 나만 아는 이야기인 줄 알았어.

💬 하여간 넌 정말 웃겨.

면박하는 글자가 이나리에게서 날아왔다.

문자로 대화하는 게 답답해 이나리에게 전화를 걸었다. 하수정에 관해 더 자세한 정보를 듣고 싶기도 했지만, 우선은 어떻게 하다가 우리 반 아이들이 다 알게 된 것인지 그 내막이 궁금했다. 나는 누구에게도 '하'라는 성씨의 이름표에 대해 말한 적이 없었다. 그런데도 하수정이라는 이름이 교실 여기저기서 동시에 튀어나왔고 심지어는 화제의 중심이 되어 있었다. 언눈은 말 그대로 언눈인데 어떻게 하다가 이름이 정해지고 말았는지 도무지 알 수가 없었다.

"우리가 학교에 언눈이 나타나고 있고 두성미래선도고등학교 교복을 입고 있었다고 했더니 선배들이 이구동성으로 말하던데, 그거 수정이 아니냐고?"

"정말? 왜 그렇게 생각한 거래?"

"하수정이라는 선배는 중환자실에 입원하기 전부터 이미 귀신이었대."

"중환자실이라고?"

그건 내가 몰랐던 사실이었다. 나는 단순히 어디가 아파 병원에 입원해 있다는 소리로 들었다. 휴대폰을 쥐고 있던 내 손이 파르르 떨렸다. 중환자라는 단어는 내가 잘 모르는 영역이었다. 사람이 어느 정도 아프면 중환자인 걸까? 연로한 나의 할머니마저 기껏 골다공증 주사를 맞으러 동네 의원에 드나드는 게 전부인데 10대인 하수정은 어쩌다가 그런 상황에 처하게 된 것일까? 게다가 중환자실에 입원하기 전부터 귀신이었다니, 그건 또 무슨 소리란 말인가.

"투명인간 있잖아."

"투명인간?"

"있어도 없는 사람. 말 그대로 언눈인 사람."

"어? 내가 들은 것과는 다른 내용인데?"

이인선 선배는 하수정을 두고 공부도 잘하고 적극적인 성격이라고 했다. 자신의 유일한 친구였다며 귀하게 여기는 기색을 역력히 드러냈다. 중환자실에 있지 않았더라도 입학설명회에는 오지 않았을 친구였다고 했지만 말이다. 이상한 기분이 들었다.

어떻게 같은 한 사람이 누구에게는 또렷한 존재이고, 다른 이에게는 투명인간일 수 있는 것인지 이해가 가지 않았다.

"그렇다면 나리야."

"응."

"하수정 선배는 어떻게 하다가 중환자가 된 거래? 그건 들었어?"

"고3이 중환자실에 입원했다면 한 가지 이유밖에 더 있겠어?"

"뭔데?"

"뛰어내렸대."

"헐, 옥상에서?"

옥상이라는 상투적 단어가 내 입에서 흘러나오는 순간 몸서리를 쳤다. '그런 이야기였구나. 결국 그런 이야기였어.'

"옥상은 옥상인데 학교나 집은 아니야."

이나리의 목소리도 움츠러들었다.

"학교가 아니면?"

"뚱딴지같게도 패스트푸드점 옥상이었다지 뭐니. 그래서 죽지 않고 살았다는 거야."

"맙소사."

두성미래선도고등학교에서 가까운 사거리의 패스트푸드점

이었다. 뛰어내린 이유는 아무도 모른다고 했다. 이나리에게 하수정에 관해 더 들은 내용이 있으면 말해 달라고 했더니 강력한 험담 하나가 추가되었다.

"자기밖에 모르는 왕싸가지래."

"그래?"

내가 아는 하수정에게도 그런 면이 있었다. 나와 처음으로 부딪친 것도 하수정의 이기적인 성격과 연관이 있었다. 내 책상을 자기 것과 바꾸자는 터무니없는 요구를 했다. 공부 열심히 해서 훌륭한 사람으로 성장하라며 삼촌이 나에게 사준 특별한 선물이었던 고급 책상을 말이다. 나는 초등학교 4학년, 하수정은 중학교 1학년이었고, 우리는 가족이 되어야 하나 마나를 놓고 서로를 타진 중에 있었다. 우리 아빠와 하수정 엄마는 각자가 딸 하나씩 키우고 있는 상황이어서 서로를 재혼 상대로 만족스러워하고 있었다. 함께 살 집을 정해 놓고 냉장고며 오디오, 책장 같은 것들을 어떻게 배치해야 하나 의견이 분분한 하루를 보냈다. 그 와중에 하수정과 나 사이에는 책상으로 인해 전운이 감돌고 있었다. 나는 내 책상을 고수하고 싶어 했고 하수정은 초등학생에게 그토록 폼 나는 책상은 필요치 않다는 논리를 폈다. 나는 중학교 1학년짜리가 할 만한 소리는 아니라고 따졌다. 나 역시 3년이 지나면 중학생이 될 것이고 3년이 30년과는 매우 다르다는 사실을 모를 정도로 철없지 않았다. 이유가 궁금하다고 생각했는지 하수정은 자기가 언니니까 더 크고 좋은 책상을 써야 하지 않겠느냐며 달래는 작전으로 나왔으나 나는 끝내 받아들이지 않았다. 내 것과 너의 것을 뒤섞어 혼란스럽게 만드는 결혼이라면 그게 아무리 행복해지는 길이라고 하더라도 동의하고 싶지 않았다. 아빠는 내가 원하지 않는다면 어떤 것도 하지 않겠다고 약속한 적이 있었다. 그런 기억을 떠올리다가 화들짝 놀라 내 입을 틀어막았다. 나는 어느새 내가 아는 하수정과 병원 중환자실에 누워 있는 하수정을 동일한 사람으로 여기고 있었던 것이다. 맙소사!

나는 얼른 이나리의 설명에 귀를 기울였다.

"얼마 전 세특(학생생활기록부 세부능력 및 특기사항) 마감이 있었는데, 그때도 선생님들 쫓아다니면서 이건 이렇게 적어달라 저건 저렇게 적어달라고 요구해서 선생님들이 대로했고, 결국 담임이 생활기록부 열람을 금지해 버렸대. 그리고 그 때문에 같은 반 언니들이 엄청 피해를 봤다는 거야."

"진짜?"

"수시에서는 학생생활기록부가 중요하잖아. 마감을 며칠 앞두고 열람이 금지되니까 완전 미치겠더래. 언니들이 그러는데, 정말 패버리고 싶었다는 거야."

"누구를?"

"누구긴 하수정 선배지."

"그래?"

"왜?"

내 목소리가 떨떠름했나 보다. 이나리는 민감하게 그것을 잡아채 확인하려고 했고, 나는 말려드는 기분으로 내 걱정을 털어놓았다.

"설마 누군가 그 선배를 패서 병원에 입원하게 된 건 아닌가 해서."

"헐."

진심으로 던진 말은 아니었으나 이나리의 반응은 예상과 달랐다. 나처럼 생각하는 사람도 있는 모양이라고 했다. 그 증거로 그날 형사가 우리 학교까지 나타났다는 것이다. 나는 깜짝 놀라 되물었다.

"형사라고? 난 못 봤는데?"

"복도에서 우리 교실을 들여다보던 조폭처럼 생긴 아저씨 있었잖아."

"응?"

이야기를 나누다가 알게 되었다. 내가 인부 아저씨인 줄 알았던 사람이 사실은 형사였던 모양이다. 하수정이 옥상에서 스스로 뛰어내린 것으로 가닥이 잡혀가고 있지만 한편에서는 의심을 품은 형사들이 두성미래선도고등학교와 학생들 주변을 얼쩡거리고 있다는 것이다. 이나리와 나는 그 문제에 관해 한참 이야기했으나 별다른 정보가 없어 겉도는 대화가 되고 말았다. 통화가 끝날 즈음 나는 왜 병원에 가보자는 것이냐고 물었다. 이나리에게는 하수정에 대한 우호적인 감정이 거의 없었다. 방문 선배들 영향이 컸다. 그런데도 병원에 가보자는 이유가 무엇인지 궁금했다.

"사실은 손화정이 같이 가자고 문자를 보냈더라. 자기가 본 얼굴이랑 병원에 입원한 선배 얼굴이 같은지 다른지 확인하고 싶다는 거야. 너한테도 같이 가자고 말해 보라고 손화정이 나한테 부탁했어. 너두 언눈을 직접 본 사람이잖아."

"확인해서 뭐 하려고?"

"그게 진짜라면 완전 대박인 거지. 중환자이기는 해도 아직 살아 있는 사람이 귀신이 되어 모교에 나타난 거잖아. 뭣 때문인지 안 궁금해?"

"궁금하지는 않고…… 무서워."

"손화정의 경우는 그게 다가 아니야. 그 애는 장래 몽타주전문가가 되려고 해. 두성으로 진학하려는 것도 그 때문이야."

"헐."

나는 병원에는 가고 싶지 않다고 잘랐다. 진심이었다. 중환자여서 사람을 알아보지는 못하겠지만 그렇다고 해서 내가 아는 하수정과 입원한 하수정이 같은 사람이라는 것을 굳이 확인해야 할 이유는 없었다. 그냥 막연히 그럴 수도 있겠다는 사실만으로도 이토록 마음이 심란하고 두려운데 그것이 진짜라는 것을 알고 나면 더 심각해지고 무엇보다 감당이 안 될 것 같았다. 아빠에게 이 사실을 숨겨야 할지 말아야 할지에 대한 고민은 또 어쩐단 말인가.

마침 할머니가 현관으로 들어와 그 문제는 유야무야된 채 통화를 끝냈다. 시장에 다녀온 모양인지 할머니 손수레에서 대파 한 단이 삐죽이 지친 고개를 내밀고 있었다. 굵고 잘 생겼지만 시들시들한 대파였다.

할머니의 첫마디는 이랬다.

"똥은 눈냐?"

"아니."

"그럼 수제 요구르트부터 먹어라."

알았다고 대답만 하고 할머니의 손수레를 기웃거렸더니 벼락같은 고함이 날아왔다.

"수제 요구르트부터 처먹으라고!"

"알았다고!"

할 수 없이 냉장고로 가서 할머니가 만든 수제 요구르트를 덜어와 그것부터 먹기 시작했다.

"한 분만 더 빈기를 미이구로 하만 내가 가만두나 바라. 니를 아주 빈기 안으로 처박을 테니 그리 알아라."

나는 납작 엎드리는 자세로 수제 요구르트를 떠먹었다. 그러고 보니 그제 저녁에 막혔던 변기가 시원하게 뚫려 있었다. 아까는 그것도 모른 채 거실 화장실에 있는 변기를 사용했다. 예의상 언제 뚫었냐고 물었다가 욕을 두 배로 먹었다. 할머니는 참을 수 없다는 듯 분통을 터트렸다.

"한성 아저씨가 손을 빈기 안으로 집어너 가민서······. 아이구, 내가 미안시러워서 어디 지구멍이라도 찾고 싶더라."

한성 아저씨는 해결할 수 없는 집안 문제를 할머니 대신 나서 도와주는 동네 아저씨였다. 아저씨를 칭찬하고 변비 때문에 고생하는 나를 비난하는 것은 참을 수 있는데 왜 자꾸 고래고래 소리를 지르는 것일까. 매번 돈이 6만 원씩이나 들었다며, 빌라 사람들 전체가 1년 동안 눈 똥을 치우는 데 10만 원이면 된다는데 우리 집은 한 번 막힌 똥을 6만 원 주고 뚫는다고 하는 대목에서는 목소리가 타령조로 젖어 들었다. 누가 들을까 봐 겁이 났다. 지나가는 사람 누구라도 붙잡고 나를 욕하고 싶어 하는 할머니 기운을 느꼈다. 할머니가 자꾸 그렇게 나오니까 내가 이나리를 우리 집에 데려오지 않는 것이다. 만약 이나리가 우리 집에 놀러 온다면 할머니는 분명 이렇게 호소했을 것이다.

"은경이 자는 사흘이 멀다 하고 똥으로 빈기를 막아버리는 아다. 친구라니까 물어보겠는데, 니는 내가 우리 은경이 자를 우옜으만 좋겠나?"

혹 이야기

할머니의 변기 타령은 그 정도로 끝나지 않는다. 아빠한테 전화가 오면 또 한참 일러바쳐서 기어이 내가 혼나는 꼴을 봐야만 직성이 풀린다.

"제가 눈물이 쏙 빠지도록 혼내겠습니다. 걱정 마세요, 어머니."

아빠는 할머니를 그렇게 안심시킨 뒤 나한테 따로 전화를 건다. 열 번에 여덟 번쯤은 좋게 말하지만 한두 번은 불벼락이 떨어진다. 너무 부주의하다며 변기 막히는 거 뻔히 알면서 왜 미리 조처하지 않느냐고 하는데, 나로서는 정말이지 끔찍한 이야기로 들린다. 할머니는 수제 요구르트를 열심히 먹으라고 주장하는 반면, 아빠는 일을 보는 순간 변기를 막히게 할 물건인지 아닌지 감이 오지 않느냐고 묻는다. 감이 오면 어떻게 하느냐고? 그 이야기를 차마 여기서 늘어놓을 수는 없다. 이나리에게도 말하기 힘들다.

우리 집은 이렇게 오늘도 위태위태하다. 멀리서 나를 원격조종하는 아빠와 곁에서 직접 진두지휘하는 할머니 그리고 아빠와 할머니 사이에서 줄을 잘 타기 위해 애쓰고 있는 나. 그래도 가끔은 서로를 불쌍하게 여긴다. 부모도 없이 할머니와 살면서 이런저런 불편을 감수해야 하는 내가 동정 대상 1순위는 아니다. 가장 불쌍한 사람은 할머니에 의해 아빠가 되고, 아빠에 의해 할머니가 될 때가 더 많다. 내가 동정할 가치가 있는 인간이 되려면 말을 잘 들어야 하는데, 변기가 막히는 일은 나로서도 어쩔 수가 없다. 할머니는 내가 수제 요구르트를 성심 있게 먹지 않았기에 변기가 막히는 거라고 모함하지만 도대체 음식을 성심 있게 먹는 법을 모르겠으니 어쩐단 말인가.

구만리 객지에서 돈을 벌기 위해 오늘도 고생하는 네 애비를 생각해 봐라. 네가 어떻게 살아야 하는지 답이 오지 않니?

이것은 내가 할머니의 레퍼토리를 표준어로 번역한 것이다.

구만리 객지란 인도를 말한다. 아빠는 인도 서부 마하라슈트라의 뭄바이에서 기술자로 일하고 있다. 비행기를 타고 가도 열 시간 가까이 걸린다니 구만리라고 하는 말이 아주 거짓말은 아닌 것 같다. 그래서 나도 노력하고 있다. 어떻게든 아빠의 노고를 헛되이 하고 싶지 않기에 이미 지나가 버린, 어쩔 수 없는 시간까지 끌어와 퍼즐 맞추기를 시도할 때도 있다. 공교롭게도 그 퍼즐 조각 중 하나가 하수정이다.

그 당시만 해도 우리 아빠와 하수정 엄마 사이의 결혼을 다들 기정사실로 믿었다. 무엇보다 두 사람은 서로를 좋아하는 것 같았다. 같이 밥을 먹는 식탁에서 자주 눈을 맞추었고, 각자의 얼굴에서는 함박웃음이 멈추지 않았다. 새집도 정하고 새로 산 가구가 큰 트럭으로 배달되어 즐거운 환호성으로 들뜬 적도 있었다. 그러다가 불현듯 하수정과 하수정 엄마가 보이지 않았다. 이유를 물어보면 아빠는 아무 말도 하지 못했다.

'내가 뭘 잘못했을까? 무슨 실수를 했나?'

어른들이 그 이유를 말해 주지 않으니 내가 찾는 수밖에 없었다.

이후 딱 한 번 하수정을 만난 적이 있었다. 아니, 만났다는 말은 적절하지 않은 것 같다. 그냥 봤다. 나 혼자 그녀를 본 적이 있었다.

주말은 아니고 공휴일이었던 것으로 기억한다. 다른 동네로 가서 아이폰 수리를 맡기고 밖으로 나와 잠시 시간을 보낼 때였다. 우연히 햄버거 가게 안을 들여다보았는데, 막 계산을 끝낸 하수정이 매장 안을 두리번대다가 대기석 의자로 가서 앉는 모습이 창문을 통해 보였다. 혼자였다. 나는 매장 안으로 들어가지는 않고 포장된 햄버거를 받아들고 밖으로 나와 어딘가로 사라지는 하수정을, 어떻게 보면 너무나 평범하다고 할 일상의 모습을 하나도 놓치지 않으려고 긴장한 채 지켜보았다. 내 책상을 빼앗으려고 할 때의 무례함이나 고집 같은 것은 조금도 보이지 않았다. 오히려 그 반대였다. 하수정은 무엇엔가 크게 실패한 사람처럼 보였다. 모자를 푹 눌러써 코까지 가려 버린 모습이 그 증거라고 생각되었다. 햄버거는 그날의 특식이었고, 여느 때에는 그마저도 먹기 힘들어 편의점 삼각 김밥 코너를 기웃거릴지도 모를 일이라고 내 맘대로 상상하기까지 했다. 집으로 돌아오면서 하수정에 관해 계속 생각했고, 생각하면 할수록 나도 그녀처럼 실패한 상태라는 느낌을 떨치기 힘들었다. 나는 내가 실패한 것이 무엇인지 헤아려 보았다.

그때 눈에 띈 것이 책상이었다. 지금도 나는 그 책상을 사용하고 있지만 옛날만큼 애착하지는 않는다. 뭔가 화근이 되고 말았다고 생각하는 순간부터 그랬다. 돌이켜보면 책상을 양보

할 수도 있었던 것 같다. 그까짓 책상 때문에, 책상이 뭐라고 사람을 거절하고 가족을 부정했던가. 비슷한 책상 하나를 더 사 달라고 하면 되었을 일인데.

오래된 이야기에는 혹 같은 것이 솟아 있다. 단단하면 단단할수록 그 혹의 수명은 길다. 이미 수년이 흘렀지만 그 혹은 내 기억 속에서 섬처럼 둥둥 떠다닐지언정 사라지거나 물렁해지는 법이 없다. 파괴되지도 않는다.

어느 날 꿈에서 나는 혹 앞에 서 있었다. 꿈속의 혹이 뾰루지 만 하거나 여드름처럼 생겼다고 생각하면 착각이다. 혹은 집채 만 했고 산처럼 거대했으며 봉우리 모양이 아니라 편편하거나 오목했다. 그런데도 나는 그것을 혹이라고 생각했다. 내 몸에 생긴, 내 얼굴에 생긴 혹으로 동일시했다. 말하자면 나보다 덩 치가 커져 버린 혹이었다. '꿈이니까 그러지 않았을까?' 하는 생 각이 들었다. 꿈속에서는 무엇이든 가능하기 때문이었다. 나는 내가 혹 때문에 방황하고 있다는 사실을 알고 있었다.

'확 그냥…… 올라타 버릴까?'

그런 생각을 했던 것이 꿈속인지, 꿈을 꾸고 그 꿈을 감상하는 과정에서 든 생각인지는 불분명했다. 확실한 것은 그런 생각을 곱씹었던 기억이 내 안에 남아 있다는 사실이었다. 혹에 올라타면 나 역시 어딘가로 둥둥 떠다니게 될지도 모를 일이었다. 혹에서 영영 내리지 못할 수도 있었다. 가끔은 그래도 상관없다는 생각을 해보았다. 일단은 혹에 올라타 쾅, 쾅 발이라도 한번 굴러보고 싶었다.

'그래서 어쩌라고? 뭐? 뭐?'

소리라도 질러 보고 싶을 때가 있다.

그렇다. 속일 생각은 없다. 나는 아무래도 하수정을 좋아했던 모양이다. 언니처럼, 식구처럼 좋아하지 않고서는 이렇게 오랫동안 못 잊을 수가 없다.

그런데 뛰어내렸다고? 죽지는 않았다고? 너 그런 애였니? 그러려고 내 책상을 빼앗으려 한 거야? 이해가 안 간다. 내 것을 노리고, 내 안에 혹을 심어놓고 뛰어내린 너를 도저히 이해할 수가 없다.

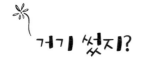
거기 썼지?

늘더위도 물러가고 선선한 가을이 왔다. 긴가민가하게 내 눈앞에 나타난 이후 언눈의 출현은 뜸해진 상태였다. 아이들이 언눈에 관해 이야기하는 시간이 확연히 줄어든 어느 날이었다. 학교 도서관에 책을 반납하고 교실로 돌아오다가 손화정을 만났고 방과 후에 잠깐 보자는 제안을 받았다. 평소에는 나에게 좀처럼 말을 걸지 않았을뿐더러 같은 반이었던 적도 없는 아이였다. 굳이 말하자면 나는 그래도 공부에 흥미를 지닌 편이었지만, 손화정은 공부와는 담을 쌓았고 다른 학교 아이들이랑 어울려 다니다가 이런저런 사건에 휘말려 입소문을 탄 적도 있었다. 뭐지? 왜지? 의아해하며 우리 반 교실 쪽으로 걸어가다가 담임을 만났다. 의례적인 인사로 고개를 까딱했더니 담임은 답례라도 하듯 "거기 썼지?"라고 물었다. 정신이 없는 가운데서도 거기가 두성미래선도고등학교라는 것을 나는 알아듣고 말았다. 멀뚱히 서서 눈만 껌뻑이다가 아무래도 안 되겠다 싶어서 아니라며 정확히 고개를 가로저었더니 구승재가 걸음을 멈춘 채 갖은 인상을 다 썼다. 한 대 얻어맞을 것 같은 분위기라 나는 얼른 뒤로 한 걸음 물러나기까지 했다.

"안 썼다고?"

고개를 힘차게 끄덕였더니 구승재는 큰일이라도 벌어진 것처럼 당장 상담실로 오라고 했다. 나는 이제 곧 3교시 국어 수업이 시작된다는 말을 이해시키기 위해 한참의 시간을 허비해야 했다. 구승재는 국어 선생님한테는 자기가 따로 연락하겠으니 무조건 상담실로 오라는 말만 반복했다.

'우이씨! 왜 하필 국어 시간이야. 내가 제일 좋아하는 과목이잖아.'

교실로 들어가 책상 위에 국어책을 펴놓으면서 잠시 시간을 끌었다. 그러고 보니 실업계고등학교 원서를 쓰는 기간이었고 내 기억으로는 오늘이 마지막 기한이었다. 우리 반에서도 몇 명이 원서를 넣은 것으로 알려져 있었는데, 인원을 더 확보하기 위해서인 듯 담임은 볼 때마다 그것을 강조해 왔다. 나는 신경도 쓰지 않았다. 담임이 두성미래선도고등학교를 권한다고 전했을 때 아빠가 안 된다며 단칼에 잘라 말한 것도 내가 더 이상 그 문제에 관심을 두지 않게 된 이유였다. 아빠가 국내 상황에 어두운 것은 사실이지만 눈앞에 보이는 것이 사람인지 나무인지 구분하지 못할 정도로 어둡지는 않다. 학교 동창들과 밴드도 하고 있다. 자녀들의 나이가 비슷하기에 정보수집에도 열심이었고, 거기서 들은 이야기를 나한테 전하거나 물어보고 때로는 흥분하기도 한다. 가끔 누구누구 아들딸들은 성적이 이렇다더라, 라는 이야기만 빼면 그냥 다른 아이들이 아빠랑 나누는 대화랑 다를 바가 없다. 아빠는 사람이 나이 들어서도 꺾이지 않는 삶을 살기 위해서는 인문학에 관한 기초지식을 가지고 있어야 한다고 믿는 편이다. 내 경우는 국어 과목만으로 학교 수업이 충분하다. 영어는 두 번째로 좋아하는 과목이고, 수학이든 사회든 그 밖의 과목에는 별 관심이 없다. 두성미래선도고등학교에 가면 거의 모든 과목이 내 관심권 밖으로 밀려날 것이다.

상담실로 들어갔을 때 가장 먼저 찾아본 것은 벽에 붙여놓은 구승재의 수업시간표였다. 목요일 3교시는 빈칸이었다. 자기 시간이 비었다고 국어 선생님이나 내 입장은 조금도 배려하지 않는 구승재가 얄미웠다. 그야말로 구승재스러운 이기적인 행동이었다.

"거기 쓰기로 했잖아?"

구승재는 서두르는 눈치였다. 나는 "언제요?"라고 되묻지 않을 수 없었다. 그래 봐야 일방적인 구승재는 내 말을 콧등으로 듣고 말겠지만, 나로서는 일말의 거짓이 없는 정확한 대답을 계속해서 반복하는 수밖에 없었다. 두성미래선도고등학교에 진학하지 않겠다는 것은 나만의 의견이 아니라 우리 가족 모두가 동의한 사항이었다. 그러니 당당하지 않을 이유가 없었다. 그런데 구승재가 이번에는 좀 색다른 방법을 썼다. 꽤나 고단수로 나왔다.

"지난번 상담에서 내가 찹쌀떡을 주었을 때 그걸 먹으면서 네가 말했잖아. 찹쌀떡 먹었으니 두성미래선도고등학교에 합격하겠네요. 감사합니다, 라고. 그런데 지금 와서 딴소리하는 거니? 나와 면담할 때는 분명히 그렇게 약속해놓고 나중에 뒤통수치면 내 입장은 뭐가 되겠어? 너 정말 학교생활 이따위로 할 거야?"

'헐, 헐……'

당혹스럽고 어이가 없었다. 리츠 오리지널 비스킷이었다면 당황스럽다가도 '그랬나?' 하면서 내 기억을 먼저 의심했을는지도 모른다. 그런데 난데없이 찹쌀떡이라니, 도대체 어디서 굴러

온 수류탄인지 갈피를 잡을 수가 없었다. 우리 할머니가 들으면 기절초풍할 소리였다. 나는 찹쌀떡을 먹지 못한다. 아무리 음료수나 물과 같이 먹어도 곧바로 체해서 꺽꺽거리기 일쑤다. 딸꾹질이 멈추지 않을 때도 있다. 아빠는 순전히 심리적인 문제라고 진단을 내린 적이 있다. 어려서 찹쌀떡 먹고 기도가 막혀 병원에 실려 간 뒤부터 트라우마가 생겼는지 그 떡만 먹으면 체한다며 앞으로는 먹지 않는 게 좋겠다고 했고, 우리 가족 중 누구도 나에게 찹쌀떡을 권하지 않는다. 그런데도 내가 찹쌀떡을 먹으면서 "합격하겠네요, 감사합니다."라고 했다니 도무지 앞뒤가 맞지 않는 스토리였다. 합격이라는 것도 알고 보면 교묘한 속임수다. 떨어지는 사람이 있어야 합격하는 사람도 있게 마련이다. 구승재가 두성미래선도고등학교를 권한 뒤로 검색해 보다가 매년 미달되는 학교라고, 언제 문 닫을지 모를 학교라고 나와 있는 것을 내 이 두 눈으로 똑똑히 확인했었다. 아빠도 밴드 친구들을 통해 비슷한 이야기를 들었다고 했다. 인구가 줄어들면서 대학교만 정원미달이라는 암 선고를 받은 게 아니었다. 고등학교는 그것보다 더 심각한 상황이었다.

무엇보다 통학 거리가 멀어도 너무 멀었다. 구승재는 대중교통으로 30분 걸린다고 했으나 인터넷 포털 사이트에서는 차를 두 번 갈아타는 조건으로 48분 걸린다고 최저시간을 잡아놓았다. 그러다가 차가 막히면 48분은 한 시간으로 늘어나고, 때에 따라서는 두 시간이 될 때도 있을 게 분명했다. 대학생도 아니고 기껏 고등학생인 아이가 아침에 한 시간 이상 걸려 등교한다는 게 말이 되는 소리인가. 급할 때는 자가용으로 태워다 줄 부모마저 곁에 없지 않은가. 어느 모로 보나 두성미래선도고등학교는 내가 다닐 만한 고등학교는 아니었다.

잘 듣지도 못하는 구승재에게 그런 점들을 어떻게 이해시켜야 하나 한숨부터 나왔다. 막막한 심정으로 뭄바이로 가는 대한항공 비행기에 올라타 이륙을 기다리는 기분이 이럴 것 같다는 생각이 들었다. 그런데 구승재는 한술 더 떴다.

"그 찹쌀떡은 상담받는 너희들 주려고 일부러 비싸고 맛있는 것으로 사 온 거였단 말이야. 그걸 다 먹고 나서 지금 이렇게 나와? 이거 먹튀 아니니? 너 나이가 몇 살인데 벌써부터 먹튀질이야? 어디서 못된 것만 배워 가지고."

"아닌데요, 아니에요!"

나는 할 수 없이 허공에다 양손으로 가위표를 크게 그렸다. 울고 싶어서, 억울해서, 화가 나서 가위표를 세 번이나 분명하게 그려 의사 표현을 했다. 두성미래선도고등학교에 가겠다는 것도 아니고, 찹쌀떡을 먹은 것도 아니고, 먹튀도 사실이 아니었다. 심지어는 리츠 오리지널 비스킷도 먹지 않았다. 머릿속이 하얗게 표백되는 느낌이었다. 내 나이 열여섯에 먹튀라니, 살다 살다 그런 터무니없는 모함은 처음 들었다.

"아니라고? 뭐가 아니라는 거야?"

"다 아니에요, 전부 다요."

다급해진 나는 양손으로 다시 한 번 힘차게 가위표를 그었다. 그 순간에는 그것만이 내가 할 수 있는 유일한 표현이었다. 구승재는 포기하지 않았다. 어떻게든 자신의 뜻을 관철시키겠다는 듯이 핏발이 선 두 눈에 힘을 잔뜩 주고 있었다.

"도대체 분명히 내 앞에서 그 학교에 가겠다고 해놓고 이제 와서 딴소리하는 이유가 뭐야? 너, 왜 그러는 거야⋯⋯. 그날 분명히 찹쌀떡을 먹으면서 말했잖아⋯⋯. 난 그날 찹쌀떡 먹으면서 말할 때의 네 표정을 분명히 기억하는데, 너는 생각 안 나?"

💬 저는 그렇게 말한 적 없어요. 찹쌀떡을 먹은 적도 없어요. 저는 인문계고등학교에 가고 싶어요.

구승재가 내 기억을 조작해내기 위해 말도 안 되는 이야기를 쏟아놓을 때 한 번은 정확히 보여주어야겠다 싶어 휴대폰에다 글자를 쳐서 구승재의 코 밑으로 들이밀었다. 속으로 '이것 좀 봐주세요. 이게 저예요. 제 생각은 여기 있어요.'라고 외칠 만큼 나의 마음은 간절했다.

그러자 그것을 읽고 난 구승재가 갑자기 탁자를 손바닥으로

탁 내리쳤다.

"야, 도은경!"

꽤나 위협적이고 무서운 느낌이었다. 소리를 지르거나 울어 버릴까 하는 생각이 들기도 했지만 다행인지 불행인지 이후 구승재의 태도가 바뀌었다.

"은경아, 넌 그 학교에 가야 해. 다 너를 위해 하는 소리인 거야. 생각을 해보라고……."

애원하고 부탁하는 어조였다. 소리 지르고 윽박지르는 것보다 더 부담스러웠다. 나는 잠시 전과는 다른 각도에서 울고 싶어졌다. 할 수만 있다면 누군가에게 도움이라도 청하고 싶은 심정이었다.

이후 30여 분간 구승재의 요설에 시달렸지만 내 대답은 하나였다.

"아니요, 저는 인문계 고등학교에 갈 거예요."

독립운동을 하는 기분이었다. '이래도 조선입니까? 이래도 애국 활동을 계속하겠습니까?'라는 회유에도 끝내 흔들지 않았던 이순신이나 유관순처럼 나는 말을 바꾸지 않고 버틸 참이었다. 3교시 수업이 끝날 즈음 열다섯 번째 가위표를 코앞에다 그렸더니 담임이 한숨을 푹 내쉬었다.

"그럼 이렇게 하자."

구승재가 목소리를 한껏 깔았다.

"그냥 원서만 써."

"네?"

일단 원서를 쓰고 생각은 나중에 하라는 것이었다.

"왜 그래야 하는데요?"

큰 소리로 또박또박 소리쳤으나 엉뚱한 대꾸가 날아왔다.

"집에 가야 한다고? 내 속을 이렇게 뒤집어 놓고 집에 가버리면 다야? 대화가 끝나야 집에 갈 거 아니야."

아직 오전 수업도 안 끝났는데 집에 가야 한다는 말로 알아듣다니, 정신이 나가도 보통으로 나간 게 아닌 것 같았다. 나는 담임이 왜 그렇게까지 해야 하는지 이해가 되지 않았고 답답해서 죽을 것 같았다. 휴대폰으로 글자를 쳐서 다시 한 번 내 의사를 전달할까 하다가 구승재의 이어지는 말을 듣고 주춤 망설였다.

"그 학교 안 가도 돼. 그냥 원서만 쓰라니까."

진짜냐고, 그래도 되냐고 물었지만, 구승재가 제대로 알아들었을 리 없었다.

'그냥 원서만 쓸까? 쓰고 나서 안 가겠다고 한들 누가 뭐라고 할 수 있단 말인가.'

상담실에서 벗어나기 위해서라도 일단 그렇게 하겠다고 말하는 게 나을 것 같았다.

그때였다. 뒤에서 쿵 하는 소리가 들리면서 불이 나갔다. 형광등이 꺼지고 작지만 커다랗고 우렁찬 소음을 발산하던 냉장고 소리도 멈추어 버렸다. 소리 난 쪽을 돌아봤더니 못 보던 아이가 모서리 구석진 자리에 웅크린 채 고개를 숙이고 있었다. 헝클어진 머리카락이 앞으로 쏠려 있어 얼굴은 보이지 않았지만 누군지 알 것 같았다. 소녀가 입고 있는, 단추가 네 개인 교복이 이 상황의 의미를 전달하고 있었다.

난 언눈이야. 넌 놀라 자빠지는 게 정상이야.

과연 소문대로 불인지 오로라인지 알 수 없는 빛이 언눈의 주위를 감싸듯 흘러 다녔다. 달리 보면 누군가 영사기를 쏘아 놓은 장면 속에 소녀가 태아처럼 들어 있는 것 같았다. 그때 갑자기 언눈이 벌떡 몸을 일으키며 짐승처럼 구승재를 향해 달려들더니 두 손으로 얼굴을 움켜쥐며 누르고 비틀었다. 구승재가 팔을 휘저으며 입에 담지 못할 욕을 퍼붓는 것으로 보아 그것은 꿈이나 상상이 아니었다. 눈앞에서 실제로 벌어지고 있는 사건이었다.

"사람 살려!"

상담실 안쪽에 있던 나는 혼비백산한 채 비명만 질러댔다. 목이 졸려 원색적인 욕을 더 이상 하지 못하게 된 구승재가 팔다리를 버둥거리며 지쳐 늘어지자 언눈이 휙 몸을 돌려 소리 지르는 나를 노려보았다. 그때 내가 마주친 것은 언눈의 붉은 눈이었다. 눈은 배에 붙어 있었고 두 개가 아니라 네 개였다. 이것저것 생각할 틈이 없었다. 못 볼 것을 보고만 나는 괴성을 지르며 상담실을 뛰쳐나왔고 축지법을 이용해 순식간에 운동장까지 튕겨 나갔다.

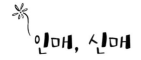

인매, 신매

그날 나의 행동은 우리 학교에서 3학년 4반을 유명하게 만든 두 번째 일화가 되었다. 첫 번째는 캐리비안의 해적을 듣고 난 구승재가 "너희도 군대 가고 싶으냐?"고 해서 우리 반 아이들 모두 교실 밖으로 나가 버린 일이었다. 두 번째 일화에서 못 볼 것을 보고 운동장까지 튕겨 나간 나는 경비 아저씨가 불방망이를 들고 다가왔을 즈음에야 겨우 정신을 차리고 교실로 돌아왔다. 국어시간은 이미 끝난 뒤였다.

하지만 그날은 나에게 또 다른 의미로 잊을 수가 없는 날이었다.

나는 손화정과의 약속을 까맣게 잊은 채 우리 집 식탁에서 할머니가 강요하는 수제 요구르트를 깨작깨작 떠먹고 있다가 이나리의 전화를 받았다.

"어떻게 된 일이냐고 묻던데?"

손화정은 학교 근처 편의점에서 나를 기다렸으나 한 시간이 지나도 오지 않자 이나리에게 전화를 걸어 내가 어디 있는지 아느냐고 물었다. 손화정에게는 내 전화번호가 없었다. 나는 손화정의 전화번호를 이나리에게 물어 직접 전화를 걸었다. 평소 손화정에게 가지고 있었던, 어쩔 수 없는 거부감마저 뒤로 한 채였다.

약속을 지키지 않은 사람은 나였기에 손화정에게 적극적으로 내 입장을 설명했다.

"미안해. 너도 소문을 들어 알고 있겠지만 학교에서 큰 충격을 받는 바람에 약속을 깜빡하고 말았어. 지금 집인데 어떡하지?"

그렇게 말하면 손화정이 알아서 내일 보자고 할 줄 알았다. 사실 지금 집에서 엉덩이를 들고 일어나 밖으로 나갈 기운이며 정신은 조금도 남아 있지 않았다. 나는 언눈 때문에 무척 놀라고 지친 상태여서 내가 본 것을 잊어버릴 시간적 여유가 필요했다. 게다가 손화정의 집이 우리 집 가까이 있을 가능성도 없어 꽤 먼 걸음을 해야 할지도 모른다는 사실이 은근히 나를 짜증스럽게 만들었다.

"내가 그쪽으로 갈게."

손화정은 오늘 나를 꼭 만나고 말겠다는 의지를 그렇게 드러냈다. 먼 걸음을 해야 하면 어쩌나 조마조마했던 참이라 더할 대꾸가 없어 얼결에 알았다고 하고 장소를 정한 뒤 전화를 끊었다. 그때부터 불안감이 밀려오기 시작했다. 모르는 사람과 모르는 곳에서 일대일로 만나야 한다는 부담감과 비슷했다. 그 생각을 에둘러 전했더니 나보다 나를 더 잘 안다고 자부하던 이나리는 나 대신 내 마음을 이렇게 설명했다.

"너 손화정을 무서워하는구나. 날라리라고."

하지만 그건 사실이 아니라고 했다. 2학년 때 두 사람은 같은 반이었고 이나리는 손화정의 착한 면을 많이 봐왔으며, 어느 정도 친하게 지내는 바람에 쌓아놓은 우정이 산더미처럼 크지는 않아도 엄마가 날마다 만드는 밀가루 반죽만큼은 된다고 했다. 이나리 엄마는 요즘 짜장면집 사장님 겸 주방장으로 일하고 있다.

"손화정에 관한 얘기는 거의 다 헛소문이야."

이나리가 보증이라도 하듯 자신 있게 말했다. 손화정이 사람의 얼굴에 관심이 많고 그것으로 인해 오해가 생긴 적도 있지만 몽타주 제작자가 되려는 아이라고 생각하면 이해 못 할 일도 아니라는 것이었다. 그랬는데도 내가 계속 찜찜해 하자 나의 절친 이나리는 손화정과 만나기로 한 장소에 자기도 나오겠다고 했다. 손화정에게 직접 전화를 걸어 동의를 구하는 수고도 마다하지 않았다.

약속 장소인 식당으로 갔더니 손화정은 이미 도착해 구석진 곳에 자리를 잡고 있었다. 이나리는 보이지 않았다. 사복을 입은 데다 떡진 머리를 감추려고 모자까지 써서 그런지 처음에는 나를 못 알아보았다. 내가 가까이 다가가 맞은편 자리에 앉고 나자 손화정은 커다란 체구의 허리를 곧추세우며 나를 바라보았다.

"도은경, 나와 줘서 고맙다."

멀리서 볼 때와는 달리 피부가 하얗고 맑았다. 내가 상상한 손화정은 마블 영화나 범죄영화에서 손도끼 들고 몸에다 체인을 친친 감고 도로를 누비며 총질을 해대는 여전사의 이미지였는데 눈앞의 그 애는 그것과는 사뭇 달랐다. 맑은 피부에 의해 이미지가 중화된 느낌이랄까. 그런데도 나는 왠지 모를 불안이 여전히 남아 있어 출입구 쪽을 반복해 쳐다보며 이나리를 기다렸다.

손화정은 그런 나의 마음을 알아챈 것 같았다.

"나리는 내가 오지 말라고 했어. 괜찮지?

"어? 뭐······."

조금 무안했지만 괜찮지 않다고는 말하기 힘들었다. 태연한 자세를 유지하려고 지어내다시피 급히 던진 말이 "병원에 갔었다면서?"였다. 이나리에 의하면 손화정은 하수정이 입원한 병원에 찾아갔으나 직접 얼굴을 보지는 못했다고 했다. 중환자실이다 보니 보호자 동의 없이는 면회가 불가능했고, 함께 들어갈 기회를 엿보기 위해 면회가 가능한 시간에 다시 찾아가 보호자를 기다렸으나 만날 수 없었다고 했다. 하수정에게는 찾아오는 사람이 거의 없었다는 말도 곁들였다.

손화정이 말했다.

"너한테 물어볼 말이 있어."

"무, 무슨 이야기인데?"

손화정은 용건은 바로 말하지 않고 뭘 먹겠는지 물었다. 자기가 사겠다고 했다. 나는 배가 고프지는 않으니까 콜라처럼 간단한 것 하나면 충분하다고 말해 주었다. 카운터로 간 손화정은 잠시 뒤 콜라 두 잔과 밀크모차치즈볼을 받아들고 왔다. 그러고는 서로 말없이 콜라를 마시고 어색한 동작으로 밀크모차치즈볼을 두 개씩 먹었다.

"이제 이야기해."

구승재 앞에 앉았을 때와 다름없는 불편함이 있었으나 시간이 흐르자 조금씩 견딜 만해졌다. 나를 해롭게 할 것 같은 적개심은 느낄 수 없어서 어느 정도 안심이 되었다. 잠시 후 손화정이 용건을 꺼냈는데 꽤나 단도직입적이었다.

"혹시나 해서 물어보는 건데…… 언눈이라고 알려진 하수정 선배, 너도 아는 사람이야?"

순간 헉, 하고 정체 모를 찬바람이 내 입에서 뿜어져 나왔다. 어디에도 꺼내 놓지 않았기에 누구에게서도 들을 수 없는 말이어서 충격이 이만저만하지 않았다. 심지어는 일기장에 쓴 적도 없었다. 허를 찔린 것 같은 느낌을 숨기며 왜냐고, 왜 그런 것을 물어보는지 대답해 줄 수 있느냐고 했더니 손화정은 일단 아는 사람인지부터 털어놓으라고 했다. 나는 그런 것 같다고, 정확하지는 않지만 그럴 수도 있다며 애매하게 얼버무렸는데, 손화정은 소름이 끼친다는 표정으로 방정을 떨었다.

"그럴 줄 알았어. 사실은 나도 그 언니 아는 사람이거든."

"응? 너…… 도? 어떻게?"

직접 만나지는 못했지만 하수정이 입원한 병원에 가서 보호자 이름을 확인할 수 있었다고 했다. 손화정도 알고 있는 이름이어서 입원한 여학생이 자신이 알고 지낸 그 하수정이라는 사실을 확신할 수 있었다는 것이다.

"하수정 엄마 이름이 뭔지 아니? 김미녀. 한번 들으면 절대 잊을 수 없는 이름이야."

나는 몰랐었다.

'김미녀라니, 나는 어째서 그 이름을 한 번도 접해보지 못했던 걸까? 새엄마가 될 수도 있었던 사람인데.'

손화정이 계속해서 말했다.

"학교에서 언눈을 보았을 때만 해도 하수정 언니라는 생각은 조금도 하지 않았어. 하지만 두성미래선도고등학교 선배들이 방문한 날 그럴지도 모른다고 생각하게 되었지. 내 짐작으로 하수정 언니는 학교에서 왕따를 당한 것 같아. 설명회에 온 선배들은 하나같이 하수정 언니를 욕하기 바빴거든. 딱 한 언니만 빼고."

누구냐고 물었더니 이인선 언니라고 했다. 나도 같은 느낌을 받았다고 털어놓았다. 손화정은 자신이 아는 내용을 아낌없이 다 말해 주었다.

"수정이 언니는 도서관 동아리 멤버였는데, 학종 마감이 임박했을 때 담당교사에게 세부능력특기사항 보충을 요구했다가 거절당했대. 그게 시작이었나 봐."

"나도 들었어. 그것 때문에 왕따를 당했다는 거지?"

"잘은 모르지만 그래."

손화정은 조금 더 상세히 설명해 주었다.

"동아리 담당교사가 1500바이트 이내로 쓰면 되는 세부능력 특기사항에 300바이트도 안 되는 코멘트를 달았다는 거야. 하수정 언니가 동아리 활동을 열심히 한 것은 그것을 잘 받기 위해서였는데 말이야. 인문계 고등학교에서는 담당 선생님들이 해당 학생을 찾아다니면서 뭐 빠진 것 없느냐, 뭘 더 써주면 되겠느냐 물어보면서 어떻게든 입시에 도움이 되려고 팔을 걷어붙이는데 두성 선생님들은 1500바이트를 채우는 것도 귀찮아 300바이트도 안 되는 글을 성의 없이 써준 거야. 그런 상황이라면 하수정 언니가 보충해 달라고 요구한 것이 무리는 아니지 않을까? 난 그렇게 생각하는데 넌 어때?"

갑자기 훅 들어온 질문에 놀라 정신을 가다듬었다.

"그, 그렇지. 1500비이트를 씨야 하는 난이면 1500바이드를 써주는 게 당연한 거 아니니? 그건 교사의 의무 같은 거잖아. 더구나 대입 전형에 필요한 거라면……. 뉴스 같은 데 보면 안 했는데 했다고 하는 경우도 많던데."

"담당교사는 1500바이트를 채워주기는커녕 세특을 어떻게 쓰든 자기 고유의 재량이라며 화를 냈대. 거기에 간섭하는 것은 교권침해라고. 좀 성의 있게 써달라는 요구를 마치 나쁘게 쓴 내용을 좋은 쪽으로 바꿔 달라고 강요한 것처럼 소문을 낸 거야. 문제는 거기서 끝나지 않고 그 동아리 담당교사가 하수정 언니 담임한테 연락해서 일러바치기까지 했다는 거야. 선생님 반 학생이 내 교권을 심각하게 침해하고 있다, 좀 제지해 달라 이러면서. 그 뒤로 무슨 일이 생겼는지 알아? 하수정 언니네 담임은 화를 내면서 반 전체에 학종 열람을 금지해 버렸대. 반 언니들은 하나같이 너 때문이라고 하면서 하수정 언니를 비난하고."

맥락은 다르지만 이미 들었던 내용이었다.

구승재의 요설이 떠올랐다. 두성은 교장부터 교사까지 다 좋은 선생님들로만 채워진 학교라고 하더니 새빨간 거짓말이었다. 1500바이트를 채우든 말든 교사가 알아서 할 일이었다고 하더라도 300바이트는 너무 성의가 없다는 생각이 들었다. 편법을 쓰려는 것도 아니고 기껏 자신이 활동했던 사항을 좀 더 자세히 적어달라고 부탁했을 뿐인데……

나는 담임이 자꾸 두성미래선도고등학교로 진학하라고 한다는 이야기를 꺼냈다. 싫다고 했더니 그냥 원서만 쓰라고 해서 썼지만 그쪽으로 진학할 것 같지 않다는 말도 전했다. 손화정은 자신도 담임으로부터 같은 제안을 받았고 가정 형편상 인문계 고등학교에 진학하는 것이 부담되는 데다 마침 그 학교에 몽타주 제작 동아리가 있어 망설이지 않고 원서를 넣었다고 했다. 사람의 얼굴에 관심이 많아 사진을 할까도 생각했지만, 몽타주 제작이라는 구체적인 목표가 정해지면서 마음을 잡게 되었다는 것이다. 몽타주 제작이라니, 들으면 들을수록 흥미롭기는 했지만, 거기에 관해 뭐라고 토를 다는 게 어려워 가만히 있다가다시 하수정 이야기로 돌아갔다.

"그 이야기를 전해 준 사람이 이인선 언니야?"

"맞아. 이인선 언니가 말하길, 하수정 언니에게 참된 부모님이 계셨으면 학교에서 그렇게 나오지는 못했을 거라는 거야."

참된 부모님이 뭐냐고 물었더니 아이의 장래를 위해서라면 어떠한 스펙도 동원할 줄 아는 부모님을 의미한다고 했다. 하수정에게는 학교에 찾아와 세세하게 따질 부모님은 물론 그 흔한 스펙 하나 없었다.

어쨌거나 그와 같은 이야기들은 이인선 선배와 손화정 사이에 오간 내용이었고, 이인선 선배와 손화정 사이에서나 통용되는 이야기였다. 이 문제가 다른 선배들 시점에서는 전혀 다른 시각으로 이야기될 거라는 게 손화정의 주장이었다. 다른 선배들이 하수정에 관해 어떻게 이야기할지 짐작 못할 일은 아니었다. 왕따, 비난, 중환자실과 같은 단어들이 많은 것을 설명해 주고 있었다. 이야기를 계속할수록 손화정의 표정은 점점 비장해져 갔다.

'그렇다면……'

　많은 생각과 궁금증들이 머리를 스치고 지나갔다. 하수정이
옥상에서 뛰어내린 이유까지 상상하게 만들었다.
　"담임도 그렇고 동아리 담당 선생님도 좀 그렇지 않아?"
　손화정이 또다시 훅 들어왔다.
　"그런 것 같아."
　그렇지 않은 것은 뭐고, 그런 것은 무엇일까? 지금 이 순간
애매하게밖에 반응하지 못하고 있는 나의 얼굴은 어떤 표정을
하고 있을까? 손화정이 하수정에게 우호적인 감정을 가졌다
는 것은 이미 넘치도록 드러났다. 이유는 정확히 알 수 없지만
말이다. 나는 어떤가? 손화정에게 이야기하려면 하수정에 대
한 내 감정의 정체를 알아야 하는데 그게 좀 복잡했다. 하수정
에 대한 내 감정이 하나가 아닌 것 같다고 느낀 적은 여러 번이
었다. 좋아하는 것인지 싫어하는 것인지, 그리운 것인지 원망스
러운 것인지. 아니, 아니었다. 내가 정말 두려워하는 것은 하수
정에 대한 내 감정이 아니었다. 그건 알 것 같았다. 내 감정이 하
나는 아니지만 뭐가 진심인지 알고도 남았다. 내가 정말 겁나는
것은 하수정이 나를 어떻게 생각할지에 대한 것이었다.
　그때 손화정이 뜻밖의 말을 했다.

"난 알아. 수정이 언니가 왜 내 앞에 나타났는지."

"응?"

"언니는 나를 안심시키려고 하는 것 같아."

"안심시키다니, 무슨 안심?"

"난 걱정이 많았어. 내가 어떻게 될지, 고등학교는 갈 수 있을지, 스무 살이 되기도 전에 죽는 건 아닌지. 그런 걱정을 할 때마다 하수정 언니는 나를 안심시켰어. 괜찮아, 다 잘 될 거야. 넌 잘 되게 되어 있어. 신에 의해 잘 될 수밖에 없도록 설계된 애야, 그러면서."

나는 하수정이 자신을 구해 달라고 호소하고 있는 거라고 믿었기에 손화정의 말에 적지 않게 놀랐다. 손화정의 고백은 하수정과 손화정의 관계가 나와는 얼마나 달랐는지를 말해 주고 있었다. 나는 손화정과 내 마음이 서로 맞는다고 단정했고, 손화정도 그렇게 느끼지 않았을까 짐작했다. 그때부터 우리는 하수정과의 인연을 서로에게 털어놓았다. 감히 아빠와 재혼할 뻔했던 여자의 딸이라는 말은 할 수 없을 줄 알았는데, 나도 모르게 내 입은 술술 그 이야기를 풀어놓았다. 손화정의 기에 눌렸기 때문인 것 같기도 했고, 누군가에게 하소연하듯이 다 말해 버리고 싶었던 것 같기도 했다. 다 말하고 나니까 속이 시원했다. 손화정 역시 시원하게 하수정과의 이야기를 털어놓았다.

손화정과 하수정은 같은 집에서 산 적이 있었다. 손화정이 초등학교 고학년 때였다고 하는 것을 보면 우리 아빠와 재혼이 무산된 직후였던 것 같다. 이 년 남짓한 기간 동안 한집에서 살았기에 서로의 가정 형편은 물론 약점까지 빠삭하게 다 알고 있었다.

　두 사람이 살던 집은 단독주택이었고, 하수정은 엄마와 함께 그 집 반지하에 세 들어 살았다. 단독주택 집주인은 손화정의 부모가 아니라 큰아버지였다. 손화정은 큰아버지 집에서 더부살이하고 있었다.

　"우리 부모님은 내가 초등학교 3학년 때 돌아가셨어."

　손화정은 '한날한시에'라는 말을 강조하듯 덧붙였다. 그나마 그것이 위로가 되는 것처럼 말해서 뜨악했다. 홀로 남겨진 아이는 겨우 초등학교 다니는 나이인데 돌아가신 부모가 같은 날 같은 시간에 사망했다는 것이 도대체 무슨 위로가 된단 말인가. 교통사고였다고 한다. 친척 결혼식에 다녀오던 길이었고, 운전을 한 사람은 손화정의 아빠였다. 이후 외가 쪽 이모네로 입양 갈 뻔했지만 어찌어찌하다 보니 큰아버지 집에 맡겨졌고 이후의 과정은 순탄하지 않았다. 그런 종류의 사연이 대부분 그렇듯 손화정은 큰아버지 집에서 눈칫밥을 먹으며 컸다. 그러니 손화정이 큰집 식구보다는 셋방살이하던 하수정과 더 가까이

지난 일은 어느 정도 개연성 있는 이야기로 들렸다.

"언니 집에서 라면도 끓여 먹고, 숙제도 하고, 불법으로 다운로드한 영화를 보는 시간이 너무 행복하고 좋았어. 언니는 공부도 잘해서 모르는 것을 물어보면 학원 선생님처럼 척척 가르쳐 주었지. 언니가 있는 한 난 학원 다닐 필요도 없었던 거야."

긴 고백을 라이프 스토리처럼 들으면서 나는 내가 손화정과 비슷한 점이 매우 많다는 것을 눈치챘다. 내가 이나리든 누구에게든 나에 관한 사실을 모두 다 이야기하지 않았듯이, 손화정 역시 자신의 신상을 있는 그대로 이야기하기보다는 특정한 방향으로 각색하는 것 같았고, 나는 그 점이 섭섭하거나 불편하기는커녕 흥미진진하게 들렸다. 아니, 그 공통점으로 인해 나는 손화정이 이전보다 훨씬 친근한 존재로 다가왔다.

결국 나는 축지법을 써가면서 왜 상담실에서 탈출했는지에 관해 말하지 않을 수 없었다.

"언눈의 교복 단추에서 글씨를 봤어. 붉은색으로 쓰인……."

"교복 단추에 글씨가 있었다고?"

"응."

"뭐라고 쓰여 있었는데?"

나는 잠깐 망설였다. 포인트는 글씨가 아니었다. 교복 단추에 불이 켜지듯 글씨가 나타났다는 사실이 중요했다. 손화정에게 그 부분을 강조해서 말해야 하는데 쉽지가 않았다. 그런 말을 하면 다른 것은 다 간과되고 그런 말을 한 나만 이상한 사람으로 남겨질 게 뻔했기 때문이다. 하지만 나는 끝내 말해야 할 것을 말해버리고 말았다.

"인매, 신매라고."

내가 생각해도 어이없는 말이었다. '인매, 신매'는 두성미래선도고등학교의 이름과도 상관없고, 학년과도 무관했다. 교훈이나 뭐 그런 것이라도 되려면 의미가 맞아떨어져야 하는 게 아닐까? 귀신이라고 해서 무의미한 글자로 아무렇게나 표현했을 것 같지는 않았다.

스스로 낭패감에 휩싸인 나는 손화정의 눈치를 스윽 살피고 있었다.

기분이 나쁘다면

역시 반응은 좋지 않았다. 손화정이 나를 비난하거나 불신하는 표현을 직접 하지는 않았지만 오늘은 일단 집에 가고 내일 학교에서 다시 만나 이야기를 더 해보자며 서둘러 자리에서 일어났기 때문이다.

"네가 사는 동네는 어디야?"

헤어지기 직전에 손화정에게 물어보았다. 손화정과 하수정이 같은 집에서 살았다는 이야기를 듣는 순간부터 묻고 싶은 내용이었다. '우리 아빠와 재혼에 성공하지 못한 뒤 하수정 엄마와 하수정은 어디로 사라졌던 것일까? 아니, 두 사람은 왜 갑자기 우리 곁을 떠났을까?' 하는 의문은 언제나, 항상 내 마음속에 자리 잡고 있었다. 그것을 궁금해하지 않았던 날이 며칠이나 되나 손으로 꼽아 볼 필요는 없었다. 할머니와 사는 동안나는 날마다 그 이유를 상상했다. 손화정은 신수동이라고 대답했다. 처음 들어보는 동네 이름이었지만 G시의 변두리에 속하고 현재 우리가 서 있는 위치에서 버스를 타면 15분 안에 도착한다는 말을 듣고는 고개를 끄덕였다. 인터넷 검색 화면에서도동네 이름을 확인할 수 있었다.

'멀리 가지는 않았구나.'

무슨 급한 일이라도 있는 듯 손화정은 빠른 걸음으로 횡단보도를 건너가 순식간에 모습을 감추었다.

그런데 헤어진 지 5분도 지나지 않아 손화정의 문자를 받았다. 두 통이 연속으로 왔다.

💬 아, 소름!

💬 우리 사이에 공통점이 있다는 거 알아?

'인매, 신매'라는 글자에 대한 코멘트는 아닌 것 같아 일단은안심이 되었다. 나는 뭐냐고 물어놓고 느긋한 기분으로 손화정의 대답을 기다렸다.

💬 셋 다 부모가 없거나 부모님 두 분 중 한 분만 계셔.

💬 아.

누군가 뒤통수를 한 대 갈기는 것 같았다. 손화정이 우리 사이의 공통점이라고 했을 때만 해도 '우리'는 손화정과 나, 둘뿐이었다. 그런데 하수정을 포함한 셋의 가정환경이 모두 그렇다니……. 누군가 손화정과 나와 하수정을 그렇게 한 묶음으로 분류하려고 한다면 굳이 반대할 수는 없겠으나, 그렇다고 왜 그런 분류가 필요하며, 쓸데없기까지 한 분류를 굳이 왜 해야 하는지 이해가 가지는 않았다. 하지만 30초가량 뜸을 들이고 났더니 하수정과 손화정이라는 묶음 속의 '우리'가 싫은 건 아니라는 결론이 났다. 우리 위에 씌워진 프레임이 똥이든 된장이든 우리가 같은 우산 아래 함께 있다는 사실이 중요한 게 아닐까? 21세기에는 더는 숨기지 않아도 좋을 상투적인 가정환경에 속하는 것이지만 대놓고 홍보하기는 뭣한 약점이란 게 있다. 그랬다. 우리 셋 다 결손가정의 아이들이었다.

💬 뭐지?

손화정의 문자가 도착했지만 나는 바로 답하지는 않았다. 우연의 일치일 뿐이라는 생각도 했다. 대부분의 아이들이 결손가정 출신인 것은 아니지만 그렇다고 모든 아이가 정상가정 출신인 것도 아니다. 그렇지만 요즘 아이들은 대놓고 그런 환경을 내세우지 않는다. 친한 친구가 물어보면 어쩔 수 없이 대답해야

겠지만 말이다.

　'기분 나쁘네.'

　손화정에게 보내 함께 공유하고 싶은 내 문장은 그거였다. 그런 묶음을 조장한, 보이지 않는 누군가를 마음껏 성토하고 싶었다. 하지만 나만의 비밀감정이다 보니 밖으로 내보내는 게 조심스러웠다. 내가 느끼는 불쾌감이 손화정을 향한 것으로 오해될 수도 있었다. 나와 손화정과 하수정의 공통점을 가장 먼저 발견한 게 손화정이라고 하더라도 셋을 하나처럼 묶어버린 사람이 손화정인 것은 아니었다. 그러니 내가 느낀 불쾌감은 아직 그 대상을 찾지 못하고 있었고, 대상을 알 수 없으니까 화살은 나 자신에게 돌아왔다.

　💬 내일 학교에서 보자.

　대화를 중단하고 싶은 마음이 앞서 내가 먼저 그런 문자를 보냈다.

　집으로 돌아와 내 방에 처박혔을 때도 불쾌감은 다 사라지지 않고 남아 있었다.

　'누군가 나를 결손가정 아이로 분류했다는 사실이 유쾌한 일은 아니지만 이토록 불쾌한 일일 필요는 없는 거잖아.'

그런 생각을 하는데도 기분이 나아지지 않았다.

이럴 때는 방법이 없는 게 아니었다. 마음을 자연 상태로 두지 않고 새롭게 설정하면 된다는 것이 내가 개발한 정신승리법이었다.

나는 옷장을 열고 내 교복 재킷의 단추부터 눈여겨보았다. 동그란 단추 한가운데는 무궁화꽃 모양이 자리 잡고 있었고, 그 안에 우리 학교 이름인 '동남'이라는 로고가 한글로 새겨져 있었다. 원 바깥에는 '동남여자중학교 1992. 9. 1'이라는 글자가 적혀 있었다. 9월 1일은 우리 학교 개교기념일이었다.

두성미래선도고등학교의 교복 단추가 어떠했는지 세세한 기억은 떠오르지 않았다. 단추의 표면이 편편하지 않고 가운데가 볼록하게 솟아 있었던 것 같았으나 거기에 '인매, 신매'라는 글자가 적혀 있었는지는 알 수 없었고, 그런 글자가 있었다고 하더라도 거기에 불이 들어오도록 설계되어 있을 거라는 생각은 지나친 난센스였다. 언눈이 불이라는 에너지를 사용한다면 그건 더 이상 언눈이 아니라는 생각이 들었다. 이런저런 상상을 하다가 직접 확인해 보기로 하고 이인선 언니에게 문자를 보냈다.

💬 언니, 혹시 언니네 학교 교복 상의 앞단추를 사진으로 찍어서 보내 줄 수 있어요?

답은 쉬이 오지 않았다. 포기한 채 양치질을 하다가 문득 소스라치며 놀랐다. 누구라고 밝히지도 않고 무턱대고 교복 단추를 사진으로 찍어 보내 달라고 하다니, 이인선 언니는 얼마나 황당했을까. 나는 치약 거품을 입에 문 채 후다닥 다시 휴대폰을 열고 몇 줄의 내용을 덧보탰다.

💬 아, 저는 동남여자중학교 도은경입니다. 지난번 선배님들이 저희 학교에 오셨잖아요. 그때 배롱나무 이야기를 나누었던 후배입니다. ㅋㅋ

급한 마음에 얼른 그렇게 글자를 만들어 보내고 나서야 휘유, 안도의 한숨이 나왔다. 그로부터 5분쯤 지나 교복을 찍은 사진과 함께 답이 왔다.

💬 은경아, 반갑다.

나는 감사하다는 인사를 하고 나서 단추의 글씨부터 확인했다. 특정한 무늬 없이 볼록하게 돋아난 부분에 판화 기법으로 새겨진 단추 글씨는 한글로 그냥 '두성'이었다. 글씨체가 정자체는 아니었다. 네 개의 단추가 모두 그런 식이어서 더 들여다볼 것도 없고 더 생각해 볼 것도 없었다. 내가 잘못 보거나 착각한 것 같았다.

무겁고 복잡한 기분으로 책상에 앉아 학원 숙제를 마쳤다.

좀 쉬려고 의자에 몸을 기댄 채 눈을 감았으나 내 마음은 자꾸만 휴대폰을 의식하고 있었다. 손화정에게 지금 당장 '인매,

신매는 잊어줘. 내가 착각했던 것 같아.'라는 내용의 문자 한 통을 보내고 싶었다. 손화정은 하수정이 맺어준 인연 같아 더 소중하게 오래 이어가고 싶었다. 하지만 손화정이 내가 보았다는 그 글자에 관해 어떤 품평도 하지 않은 상황이라 그런 문자를 보내면 오히려 더 이상하게 보일 수도 있겠다는 생각이 들었다. 그런데도 그런 문자를 보내 공유하고 싶어 하는 내 마음을 스스로도 어찌할 수가 없었다.

조금 망설였으나 나는 결국 행동해 보기로 했다. 이런 조급증까지 받아들여질 때 서로에게 좋은 친구가 되는 게 아닐까. 이나리와 가까워지는 과정에서도 그런 고비가 있었다.

💬 화정아, 두성미래선도고등학교 교복 단추에 새겨진 글자는 그냥 '두성'이래. 내가 잘못 보았던 것 같아.

그러자 곧바로 답장이 날아왔다. 두성의 교복 단추에 새겨진 글자에 관한 언급은 없이 지금 알바를 끝냈다는 내용의 답장이었다. 무슨 알바냐고 물었더니 전단지 돌리는 거라고 했다. 길에서 두 시간 동안 요가 강습소 전단지를 돌렸는데 의외로 사람들이 잘 받아줘서 무사히 끝냈다고 했다.

💬 미안해.

손화정의 문자였다. 먼저 보자고 해놓고 알바 시간이 임박해 일찍 일어날 수밖에 없었다면서, 내일 학교에서 만나 남은 이야기를 더 하자는 것이었다. 손화정의 문자를 읽으며 나야말로 미안해서 몸 둘 바를 모르게 되었다. 이제 겨우 중3인데 알바라니……. 방금 전에 얻어 마신 콜라와 밀크모차치즈볼이 동시에 떠올라 그렇게 일하면 얼마나 받느냐고 묻고 싶었지만 궁금하더라도 나중에 만나서 물어보는 게 나을 것 같았다. 약간 멍해진 기분에 창밖을 내다보고 있는데 손화정의 문자가 또 왔다.

💬 아까 뭐라고 쓰여 있었다고 했지?

💬 응? 뭐?

💬 언눈의 교복 단추에서 붉은 글씨를 보았다며?

💬 아, 아니야. 내가 잘못 보았던 것 같아. 착각이었거나.

💬 다시 말해봐, 뭐라고 쓰여 있었는지.

'아, 이런 말도 안 되는 소리를 또 해야 하나' 하는 생각이 들었지만 나는 썼다. '인매, 신매'라는 어이없는 글자를. 전송도 눌렀다.

💬 두성이라는 글자가 인매나 신매로 보였던 것일까?

💬 응?

한참 문자를 반복한 뒤에야 우리 둘 사이에 의사소통이 원활하지 않다는 사실을 알아차렸다. 손화정은 내가 단추 하나에서 인매 또는 신매라는 글자를 읽었다고 이해하고 있었으므로 나는 곧바로 수정해 주었다. 네 개의 단추에 적힌, 네 개의 글자였다고 말이다. 그러나 손화정은 그것을 잘 이해하지 못했다.

💬 어떻게 배열된 글자였다는 것인지 A4 용지에 그려서 보내 줄 수 있어?

나는 교복 상의를 대충 그리고 동그라미 네 개를 그려 그 안에 글자를 적어 넣고 사진으로 찍어 손화정에게 보냈다.

💬 '인매, 신매'가 아니라 인신매매로 읽어야 하는 거 아니야?

💬 응?

나는 화들짝 놀라 A4 용지를 다시 살폈다. 내가 왼쪽부터 세로로 글자를 읽었다면 손화정은 위에서부터 가로로 읽었다. 그랬더니 전혀 다른 단어가 튀어나와 버렸다. "오늘 체육 선생님이 햄버거 쏘기로 했어요."라는 말을 구승재가 "하늘 아래 낙화함이 어디 있느냐고?"로 받아들인 것만큼이나 우스꽝스러웠고 황당했으며 한편으로는 기이했다. 몽타주 제작자라는 꿈이 왠지 모르게 손화정과 잘 어울린다는 생각이 들었다.

그나저나 단어에 의미가 생겨 반갑기는 했으나 따지고 보면 인신매매 역시 '인매, 신매'만큼이나 어딘가 이상했고 생뚱맞았다. 재활용이 불가능한 숟가락처럼 심각하게 구부러져 있는 단어를 보는 것 같았다. 고등학교나 고등학교 교복과는 상관없는 단어라는 점에서 도무지 말이 되지 않았고, 두성미래선도고등학교라는 학교 이름을 떠올려도 연상되는 것이 없었다.

나는 손화정과의 대화를 마무리 지어야 했다.

💬 이상하지? 내가 잘못 본 것 같지?

손화정은 딱히 확정지어 말하지는 않았고 내 말에 공감을 표하지도 않았다. 그 때문에 늦은 밤까지 계속된 문자는 약간의 찜찜함을 남긴 채 끝나고 말았다. 하지만 다음 날 학교에서 그 문제는 다시 도마 위에 올랐다.

"언눈의 교복 단추에 인신매매라고 적혀 있었대."

내 앞에서 그런 소리를 꺼낸 사람은 이나리였다. 당연히 손화정한테 들은 이야기인 줄 알고 얼굴을 살짝 붉히는데 나보다 옆에 있던 손화정이 더 놀랐다.

"어젯밤 1반 아이가 늦은 시간에 학교 앞을 지나가다가 언눈을 보았대. 교복 윗도리 단추에 인신매매라고 적혀 있었다지 뭐니. 거기서 흘러나온 불빛 때문에 언눈을 알아보았다는 거야."

이나리가 그 이야기를 신나게 떠벌리자 옆에 있던 손화정은 누군가 하수정 언니를 해치려고 했던 것이 아니냐고 물었다.

"누가?"

"우리가 지금부터 알아내야지."

손화정의 대답이었다.

용화산 꽃선녀

인신매매는 공포감을 주지만 우리와는 딱히 상관없어 보이는 글자였다. 나는 그것이 언눈의 처지나 생활과 연관이 있을 거라고 추측해 보았지만 도대체 어떤 식의 인신매매인지 상상이 가지 않았기에 방법을 알지 못한 채 막연히 하수정을 도와야 한다고만 생각했을 뿐이었다. 하지만 하수정은 자꾸만 나타났고 인신매매라는 글자를 제시하면서 우리의 반응을 기다리는 것 같았다. 언눈은 '너희들은 내가 무슨 말을 하려는지 정말 모른단 말이야?'라고 말하는 것 같았다. 이나리는 몰라도 손화정과 나는 어떤 식으로든 대답해야 할 의무가 있었다. 한때 알고 지냈기 때문만은 아니었다. 하수정을 잊지 않고 기억해 온

시간이 그래야 한다고 말하고 있었다. 나는 적어도 하루에 한 번쯤은 하수정을 떠올리며 살았다. 혼자 말없이 견디고 감당해 나가야 할 내 마음속 시간에는 하수정만이 앉을 수 있는 고정된 의자가 있었다. 나는 그 의자에 앉아 나를 바라보는 하수정을 오랫동안 지켜보았고, 수없이 말도 걸었다. 잊지 않고 기억한다면 그 사람은 언젠가는 돌아온다. 하다못해 유령이 되어서라도 말이다.

"함께 가보고 싶은 데가 있어."

손화정이 학교 정문 앞 떡볶이집에서 떡볶이를 먹다가 제안했다. 주중에 목요일 하루는 알바가 없다면서 꺼낸 말이었는데 왠지 모르게 주저하는 눈치였다.

"너희들이 싫다고 할 수도 있겠지만 일단 한번 가봤으면 해."

"어디를 가는데 그렇게 뜸을 들여?"

손화정은 떡볶이를 다 먹을 때까지 말하지 않았다. 나는 속으로 하수정이 입원한 병원을 상상하고 있었다. 하수정의 얼굴을 보는 것쯤이야 얼마든지 할 수 있는 일이지만 김미녀 씨를 보는 것은 썩 내키지 않았다. 싫거나 미워서는 아니었다. 혹시라도 마주친다면 뭐라고 인사를 건네야 하고, 병원에 온 이유를 어떻게 말해야 할지 나 자신을 종잡을 수 없을 것 같았다. 게다가 지금까지 어떻게 살았는지, 아빠가 재혼은 하셨는지 물어보면 뭐라고 대답할 것인지 생각만 해도 난감했다. 이런 곤란한 처지를 내 입으로 말해야만 알 수 있는 것은 아닐 테니 손화정도 내 입장을 충분히 고려해 주리라는 확신이 서기도 했다. 꼭 가야 한다면 이나리와 손화정, 둘이서 가면 될 일이었다.

분식집을 나서자 손화정은 버스 정류장으로 우리를 이끌었고, 14번 버스가 오자 타자고 했다. 다행히 병원으로 가는 길은 아니었다.

"이 집이야."

버스에서 내려 언덕 같은 골목길을 한참 걸어 올라가자 작은 암자 하나가 나왔고, 암자의 왼쪽 모퉁이를 돌자 외떨어진 집 한 채가 보였다. 집 뒤로는 산을 가르며 뻗어 내려온 계곡이 마을을 향해 내리꽂히듯 가파르게 펼쳐져 있었다. 외딴집은 허름하고 가난하다는 인상 이외에 별 특징은 없었다. 안을 기웃거려 봤더니 사람이 살고 있는 분명한 흔적이 보였다. 마당은 빗자루질이 잘 되어 정갈했고, 조금은 말라비틀어졌지만 여기저기 이름 모를 꽃나무며 정원수가 가지를 만들어내며 그 집의 온기를 전하고 있었다. 이나리와 나는 서로의 얼굴을 마주 보면서 아는 집이냐고 물었다. 손화정은 고개를 가로저었다.

"어젯밤 내내 검색해봤어."

그러면서 내가 자주 그러했듯 스윽, 하고 이나리와 나의 눈치를 보는 것이었다. 그때 안에서 인기척이 나면서 문 여는 소리가 들렸고, 잠시 후 옷을 잘 차려입은 성인 남녀가 밖으로 걸어나와 말없이 언덕길을 내려갔다. 왠지 모르게 두 사람 어깨가처져 보였다. 이나리는 흠, 흠 그 사람들의 냄새를 맡고 나더니 "아니, 이것은 용한 사람한테서 따귀 맞고 흘린 코피가 꾸들꾸들 말라가는 냄새 아닌가."라고 품평했다. 손화정이 오, 하고 감탄사를 내뱉었다.

"맞아, 여기 용하다고 소문난 선녀님이 살아."

"응?"

용하다고 소문난 선녀라면 점쟁이 부류를 말하는 게 아닌가. 도대체 우리 할머니도 멀리하는 점쟁이를 만나 뭘 물어보겠다는 것인지 이해가 가지 않았다. 그럴 바에는 병원으로 찾아가 하수정의 얼굴이라도 보려고 시도하는 게 백번 낫지 않을까 싶었다. 하수정 엄마 김미녀 씨를 만나 의외의 질문을 받는다 해도 이보다 당혹스럽지는 않을 것 같았다. 나도 모르게 짜증이 났으나 곧 눈살 찌푸릴 일은 아니라는 생각에 이르렀다. 손화정을 앞세우고, 손화정을 핑계 삼고, 손화정이 책임진다면 그냥 구경 정도는 할 수 있을 것 같았다. 복채가 필요하다면 5000원쯤 보탤 마음도 있었다.

"하수정 언니는 지금 사경을 헤매고 있어. 죽음과 싸우고 있다고. 그런데 우리는 응원을 해주기는커녕 언니를 만나 손 한 번 잡아보지 못했잖아. 왜, 왜 이런 일이 생겼는지 물어보아야 할 것 같아. 너희들도 같이 들어가 줄 거지?"

손화정이 통사정을 했다. 혼자서는 도저히 못 들어갈 것 같 아 우리를 데려왔다는 것이었다. "왜, 왜"라고 하소연할 때 그 애의 이마에 굵은 핏대가 서는 것을 보았던 나로서는 공연히 울컥했고 눈시울이 뜨거워지면서 복채가 필요하다면 1만 원 정 도 보탤 수 있다는 쪽으로 생각이 바뀌었다. 내가 잠시 감정을 수습하는 사이에 하수정의 문제에 관한 한 흥미 이외에 별다 른 개인감정은 없던 이나리가 먼저 고개를 끄덕이며 긍정을 표 시했다. 손화정의 손을 꼭 잡아주기까지 했다. 그러니 꼼짝없이 안으로 들어가 보는 일이 우리 앞에 남은 셈이었다. 이나리가 고개를 들이밀고 대문 안을 스캔하는 사이에 나는 담벼락에서 '용화산 꽃선녀'라는 글씨를 찾아냈다. 나무 벽에 매직 같은 것 으로 무성의하게 쓰여 있어 보일 듯 말 듯 했지만 손화정이 생 각 없이 무턱대고 찾아온 것은 아니라는 사실이 증명된 거나 마찬가지였다.

마당을 가로질러 건물에 이르자 옛날식 미닫이문이 나왔다. 유리에 코팅이 되어 있어 안이 보이지는 않았기에 살그머니 노 크를 했다. 아무 반응이 없어 문을 밀고 안으로 들어갔을 때 또 하나의 밀문이 나왔다. 이번에도 노크를 한 다음 문을 밀었다.

잠시 후 40대쯤 된 아주머니가 우리를 맞았는데, 손님을 환대하는 태도와는 거리가 있었다. 아주머니는 우리의 출현이 달갑지 않은 듯 고무장갑을 낀 양손을 펼쳐 안으로 들어서는 것을 가로막으려 했다. 빨간 고무장갑에는 빨간 고춧가루가 덕지덕지 붙어 있었다. 최소한 선녀는 아닌 것 같은 사람이었다.

"여긴 학생들이 올 만한 데가 아닌데…… 무슨 일로 왔어?"

"점 보러 왔어요."

손화정이 자세한 용건은 말하지 않고 신부터 벗었기에 우리도 따라 했다. 아주머니는 안 된다는 듯이 더 적극적으로 우리 앞을 막아섰다. 여기는 점집이 아니라고 했다.

"학생들이 어떻게 알고 찾아왔는지는 모르지만 여기는 그런 데가 아니야. 하늘에서 내려온 꽃선녀님이 거주하는 신성한 곳이야. 그만 돌아가."

그렇다고 포기할 손화정이 아니었다.

"돈 없을까 봐 그러는 거예요? 여기, 돈 있어요."

파란 배춧잎 지폐 다섯 장쯤이 손화정의 손에 들려 대롱거리고 있었다. 아주머니의 첫 반응은 콧방귀였다. 여기는 주로 죽은 사람들의 영혼을 다루는 곳이며, 1회 상담료가 30만 원이라고 했다. 그러니 그만 돌아가라는 것이었다.

"헐, 대박!"

학교 교실에서나 튀어나올 감탄사가 우리 입에서 연신 터져 나왔다.

"30만 원이라고요? 왜 그렇게 비싸요?"

대들 듯이 다가서는 손화정을 아주머니가 고무장갑 낀 손으로 밀어냈으나 그럴수록 손화정은 기세등등해졌다. 비록 체인을 휘두르지는 않고 있지만 평소에 내가 상상하던 그 손화정이 바로 눈앞에서 위풍당당한 활약을 펼치고 있었다.

"그냥 도와준다 생각하시고 좀 봐주시면 안 돼요? 돈은 나중에 더 벌어서 갚을게요. 약속할 수 있어요."

그때 문이 벌컥 열리는 소리가 들려 우리 셋은 물론 아주머니까지 일제히 뒤를 돌아보았다. 열린 것은 방문이 아니라 화장실 문이었다.

"왜 이렇게 시끄러워!"

감정이 실린 목소리가 호통부터 쳤다. 한복을 곱게 차려입은 여자였는데, 키는 그만그만했으나 갸름한 얼굴에 한 치의 오차도 없는 칼단발(일자 단발)이 눈에 띄었다. 게다가 오른쪽 귀 뒤에는 핀을 이용해 꽃까지 꽂고 있었다. 그것도 흰색으로 된 조화였다.

"머리에 꽃을 꽂아서 꽃선녀인가 봐."

이나리가 킥킥거리자 손화정이 조용히 하라며 이나리의 팔뚝을 꼬집었다. 나를 향해서도 눈을 흘겼다. 그 소리를 들었는데도 꽃선녀는 못 들은 척 쿨하게 나왔다.

"애들이잖아, 너희 학교 안 다녀?"

그렇게 묻는 꽃선녀의 얼굴은 몹시 앳되어 보였다. 골격과 표정, 목소리는 여자지만 아직은 어른이 아니라 우리 또래에 불과한 소녀처럼 보였다. 잘 차려입은 한복 앞가슴이 납작하고 편편한 것만 봐도 틀림이 없었다. 그게 아니라면 엄청난 동안이라고 해야 할 상황이었다.

"학교에 가서 공부하고 왔는데요."

우리 셋의 입에서 동시에 나온 말이었다.

"내가 돌려보낼게."

아주머니가 고무장갑을 신경질적으로 벗으면서 서두르자 꽃선녀가 오른손을 들어 "됐고!" 하면서 단호하게 제지했다. 이 광경을 본 이나리는 흥분이 극에 달했는지 "오, 오!" 하는 감탄사를 흘렸다. 내가 보기에도 멋져 보였다. 꽃선녀가 그만 가보라는 듯 고갯짓을 하자 아주머니는 갸웃거리다가 부엌 쪽으로 사라졌다.

꽃선녀는 다짜고짜 혀를 차더니 우리를 향해 이렇게 말했다.

"인신매매라…… 참 해괴한 말이네."

그 순간 놀라운 감정이 온몸을 얼어붙게 만드는 것 같았다.

"엄마야……."

내 입에서 있지도 않은 엄마가 저절로 불려 나오면서 숨이 막히고 다리가 후들거렸다. 압도적인 카리스마와 채찍 같은 눈빛……. 꽃선녀의 목소리며 표정이 딱 그러했다. 그 순간만은 나이고 뭐고 다 잊을 정도였다. 다리를 꺾으며 가장 먼저 주저앉은 사람은 의외로 손화정이었다. 체인이며 쌍권총뿐만 아니라 몽타주 제작자 같은 이미지 역시 온데간데없었다. 손화정은 소리 내어 울면서 이렇게 부탁했다.

"도와주세요, 선녀님. 저희는 도움이 필요해요."

그 뒤로 나온 말은 이나리의 입마저 다물게 했다.

"제 마음속에 살고 있는 애틋한 사람이 있어요. 그 언니는 지금 죽어가고 있어요. 언니를 구하지 않으면 평생 사람답게 살지 못할 것 같아요."

그러자 꽃선녀는 흥미를 느낀 것 같은 표정으로 우리 셋을 둘러보았고, 잠시 후에는 방으로 따라 들어오라며 고갯짓을 했다. 하지만 뒤이어 괴상망측한 행동을 했다. 우리 셋의 모습을 한 번 더 둘러보는가 싶더니 뜬금없이 나를 향해 "넌 빠져!"라고 호통을 친 것이었다. 너무 무안하고 놀라서 양손으로 얼굴을 감싸면서 어찌할 바를 몰라 하는데, 다시 한 번 선녀의 목소리가 귓전을 때렸다.

"너 말고 너!"

꽃선녀가 손가락으로 가리킨 것은 내가 아니라 내 뒤쪽 어딘가였고, 거기에는 아무도 없었다. 이를테면 보이지 않는 것을 향해 넌 빠지라며 고함을 지른 것이었다.

'아, 내가 아니어서 다행이다……'

그러나 그런 안도감도 잠시였고 곧 소름이 끼치고 머리털이 곤두섰다. 나도 모르는 사이 친구들 곁으로 찰싹 달라붙었다.

소란이 지나간 뒤 어느새 우리는 방 안으로 들어가 선녀가 지정해주는 방석에 앉았다. 방이라고는 했지만 우리가 흔히 사용하는 가정식 방은 아니었다. 오히려 유명한 사찰 대웅전에서 본 내부 모습이 육분의 일이나 팔분의 일 사이즈로 축소된 것에 가까웠다. 분위기 잘 타는 데는 우리 학교에서 최고인 이나리가 불현듯 꽃선녀 나이를 물었고, 우리보다 한 살 많다는 대답을 들었다. 이나리가 뻔뻔스러운 제안을 했다.

"그럼, 우리 서로 말 놓고 통성명이나 할까? 난 이나리야. 그리고 얘는……"

이나리가 우리를 소개하려고 몸을 돌리다가 손화정과 눈이 마주치면서 흠칫 놀라는 게 느껴졌다. 재빨리 손화정의 표정을 확인했더니 맙소사, 금세라도 가방에서 체인을 꺼내 휘두를 것 같은 눈초리로 째려보는 것이었다.

눈빛으로 이나리와 나를 제압해 버린 손화정이 아주 살짝 몸을 앞으로 내밀었다.

"인신매매라고 하셨잖아요……."

이를테면 옆으로 빠지지 말고 본론에 충실하자는 뜻인 것 같았다. 우리가 여기까지 왜 왔는지 잊지 말아야 한다는 점에 관해서는 어느새 나도 동의하는 사람이 되어 있었다. 이래서는 안 되겠다며 자세를 가다듬으려 할 때였다. 꽃선녀가 한껏 흐트러진 자세를 순간적으로 긴장시키더니 살쾡이처럼 눈을 부라렸다. 그러고는 우리 셋이 앉아 있는 곳 너머 방문 어딘가를 손으로 가리키며 소리를 질러댔다.

"넌 나가라고 했잖아. 썩 나가!"

꽃선녀의 시선을 쫓아 뒤를 돌아보았으나 아무도 없었다. 나와 두 친구는 한곳으로 몰려 입도 벙끗 못한 채 가만히 찌그러졌다. 몰래 방 안으로 숨어들어온 그것이 밖으로 나가기라도 한 듯 꽃선녀는 자기 얼굴에 대고 한참 손부채를 부치더니 겨우 진정했다.

"아무리 봐도…… 적응이 안 돼. 너무 힘들어. 아휴, 골치야."

그러면서 나이 많은 신경질적인 아줌마처럼 양미간을 누르면서 조금 더 소란을 피웠다. 꽃선녀가 손화정을 향해 물었다.

"쟤 뭐니, 누구야?"

"누, 누구요?"

꽃선녀가 말하는 것이 무엇이며 누구인지 짐작 못할 일은 아니었지만 눈에 아무것도 보이는 것이 없던 우리로서는 어떤 대답을 해야 할지 난감하기 짝이 없었다.

이나리가 물었다.

"여기 귀신 있어요?"

"아니면 뭐겠어? 너희가 달고 왔잖아. 교복을 입었고, 교복 단추에는 인신매매라고 글씨가 쓰여 있어. 누군지 알아?"

손화정이 재빨리 나섰다.

"아, 아는 언니요."

"얼마나 됐어?"

"죽은 지요?"

"아직 죽은 건 아니야."

"네?"

"하지만 곧 죽을 것 같아."

그렇게 말하고 난 꽃선녀는 가부좌를 틀고 앉아 눈을 감았다. 그때의 얼굴은 아이가 아니라 나이가 오백 살은 되어 보이는, 정말 선녀처럼 생긴 성숙한 성인 여자의 그것이었다.

널 내버려 두지 않을게

꽃선녀는 점쟁이 계통보다는 영매에 가까워 보였다. 인신매매리는 글자를 뚜렷이 읽어냈지만 그것이 무슨 뜻인지 전혀 알지 못한다고 했다. 처음에는 우리에게 30만 원이 없다고 모르는 척하는 건가 의심했지만 아니었다. 그러면서도 용하지 않은 자신에 대해 일체 부끄러워하는 기색이 없었다.

"나는 초보인 데다 간판도 없고 이름도 알려지지 않았어. 더구나 현재 꽃선녀라는 나의 이름은 내가 가진 능력과 잘 연결이 되지 않아."

그러자 이나리는 이나리답게 "브랜드가 아직 다듬어지지 않은 거군요."라며 재빨리 끼어들어 영매를 자극했다. 화를 내면 어쩌나 싶었지만 꽃선녀는 오히려 고개를 끄덕였다.

"하지만 내게는 확실한 장기 하나가 있어."

난데없는 자기 자랑에 그게 뭐냐며 묻지 않을 수 없었다.

"억울하게 죽은 사람들이 내 눈에 보여. 그들은 스크린 같은 것을 띄워 놓고 내 앞에서 자신이 어떻게 죽었는지 마지막 순간을 하염없이 반복해 보여줘. 그뿐이야. 내가 볼 수 있는 것은 그것이 전부이고, 내가 말할 수 있는 것도 그것이 전부야."

꽃선녀는 자신이 누구이고 왜 이런 능력을 타고났는지 알 수 없는 것처럼 죽은 사람이 누구이며 이름은 무엇인지 같은 것을 맞힐 능력은 없다고 했다. 그러면서 자기는 모르는 것이나 알 수 없는 것을 알아맞히는 점쟁이가 아니라는 사실을 여러 번 강조했다. 그저 산 사람이 달고 온 죽은 자, 그가 자신이 어떻게 죽었는지 스크린에 보여주는 내용을 보고 산 자에게 전달해 주는 것이 자신의 임무라는 것이었다. 물론 '산 자가 원할 경우에만'이라는 단서를 달았다. 원하지 않는다면 아무리 기이하고 절박한 것이라고 해도 결코 입을 놀려서는 안 된다는 것이 그 세계의 불문율이라고 했다

"그렇다면 우리가 달고 온 하수정 언니, 그 언니는 왜 아픈 거야? 어떻게 하다가 다쳤어?"

말을 놓아도 좋다는 허락을 곧이곧대로 믿은 이나리가 꽃선

녀에게 반말로 물었다.

"그건 나도 몰라."

꽃선녀의 말투가 자신감에 차 있어서 우리는 어안이 벙벙했다. 방문이 조심스럽게 열리면서 아까 그 아주머니가 얼굴을 들이밀고 "손님 오셨는데?"라고 했을 때도 꽃선녀의 자신감에는 변함이 없었다.

"지금 손님 보고 있는 거 안 보여? 기다리라고 해!"

꽃선녀의 그 한 마디에 아주머니는 "에휴!" 하고 낮은 한숨을 내쉬더니 문을 닫았다. 겉으로는 좀 허술해 보였지만 꽃선녀를 중심으로 질서가 잡혀 있는 것 같았다.

마음이 급해진 손화정이 다시 한 번 집중력을 드러냈다.

"방금 알 수 있는 것은 그것뿐이라고 했잖아, 그런데 왜 모른다는 거지?"

꽃선녀는 도리어 우리가 말귀를 못 알아듣는다며 잠시 눈을 뒤집는 시늉을 해 보이더니 귀 뒤에 꽂아놓았던 하얀 꽃을 뺐다가 다시 꽂았다. 그 틈에 머리카락도 정리가 되어 칼단발 특유의 깔끔한 용모가 한결 두드러졌다.

"그 여자애는 아직 죽은 게 아니라고 이미 말했잖아. 어떻게 죽었는지 내 앞에서 보여 주지 않는 것만 봐도 알 수 있어."

그러더니 자신은 그런 사람들을 보는 게 가장 힘들다며 하소연하는 것이었다. 기가 빨리는 느낌이라고 했다. 완전히 죽은 사람들은 에너지가 순화되어 큰 부대낌 없이 편안한 느낌으로, 심지어는 동정심을 가지고 바라볼 수도 있는데, 죽은 것도 아니고 산 것도 아닌 영혼들은 머리카락이 뭉텅뭉텅 뜯겨 나가는 기분이 들도록 만든다며 또 한 번 목소리를 높였다.

"아직 죽지도 않았으면서 도대체 왜 날 찾아온 거야? 아니, 너희는 왜 그 애를 달고 내 앞에 나타나 나를 이렇게 힘들고 피곤하게 만드는 거야?"

우리 셋이 동시에 미안하다고 사과했는데도 꽃선녀는 한참이나 투덜거렸다. 절반쯤 죽은 사람에 대한 동정심보다는 불편함을 지나치게 앞세우는 것 같아 기분이 언짢아지려고 했지만 아주 이해 못할 일은 아니다 싶어 참고 기다렸더니 다행히 감정을 어느 정도 수습한 꽃선녀가 묘한 말을 던지면서 대화를 이어갔다.

"그 애는 지금 다른 목적이 있어서 너희를 찾아온 것 같아."

"다른 목적이라면, 어떤?"

"모르지."

"응?"

"내가 그걸 어떻게 알겠어?"

그 순간 '아, 이 엉터리 같은 느낌이라니' 하는 생각에 휩싸였다. 하지만 자신이 볼 수 있는 것은 죽음의 과정이고, 그것은 그 영혼의 육체가 완전히 식어야 재연된다고 강조했던 말을 떠올리고는 하릴없이 고개를 끄덕이고 말았다. 꽃선녀는 예전에는 무당이 점도 보고 굿도 하고 살풀이도 하고 영매 역할도 맡았지만, 지금 이 방면의 직업은 분화가 매우 잘 되어 있다며 깨알 홍보도 잊지 않았다. 수많은 능력을 다 지녔지만 그중에서 무엇 하나 제대로 잘하지 못하는 어설픈 영매가 아니라 딱 하나의 확실한 재능만으로 먹고사는 신세대 영매들이 점점 늘어나고 있다는 분위기도 함께 전했다.

"우리 같은 사람들에게 능력을 심어준 게 하느님인지 마리아인지 부처님인지 옥황상제인지 또는 마고 할멈이나 서양의 마녀인지는 모르겠지만 이건 명백한 사실이야. 이래도 나에게 무능하다고 할 거야?"

"아, 아니."

"타고난 능력 이외의 분야에서는 일체 무능할 수밖에 없음을 알고 있는 사람만이 진짜 프로야. 오늘날 이 세상에서 얼마나 많은 엉터리가 진짜 노릇을 하고 사는지 너희는 결코 알지 못할 거야."

그렇게 말하는 꽃선녀의 표정에는 자기 일에 대한 노골적인 자부심이 묻어나 있었는데, 그런 말을 듣고 있는 이나리의 엉덩이가 자꾸만 들썩거리는 것을 나는 보고 말았다. 직업의식이 투철해 보이는 꽃선녀가 법정 의무교육인 초등학교는 거쳤는지, 중고등학교에 다니지 않으면서 곧장 직업전선에 뛰어들어 활약하는 기분이 어떤지 몹시 궁금했으나 손화정이 또 옆길로 샌다며 째려볼까 봐 물어보지도 못한 채 참고 있는 것 같았다.

꽃선녀는 자신이 아는 것을 조금 더 설명해 주었다.

"내 생각에 그 애는 지금 삶과 죽음의 갈림길에 서 있어. 이승과 저승을 왔다 갔다 하는 중인 것 같아. 그리고 그 옆에는 저승사자가 따라다니고 있어."

"저승사자?"

"그래, 곧 죽을 거라는 얘기야."

그 대목에서 손화정이 고개를 푹 숙인 채 눈물을 떨어뜨렸다. 이나리와 나의 마음도 숙연해졌다. 꽃선녀가 낮은 목소리로 손화정을 달랬다.

"지금 중환자실에 입원해 있다고 했지? 죽고 나면 다시 찾아와. 그때는 내가 도움을 줄 수 있을 거야. 내가 본 것, 보이는 것을 너희에게는 공짜로 다 말해 줄게."

손화정은 앉은걸음으로 꽃선녀를 향해 조금 더 다가들더니 하수정 언니를 이대로 죽게 내버려둘 수는 없으니 어떤 식으로든 도움을 달라고 사정하기 시작했다. 그리고 왜 하수정 언니가 인신매매라는 글자를 단추에 달고 나타난 것인지 그것만 이라도 알 수 없겠느냐고 물었다. 꽃선녀는 자신의 능력 이외의 문제에 관해 토를 달 수는 있겠으나 그것은 단지 어설픈 추측에 지나지 않을 것이기에 선녀 된 자의 양심으로 침묵하고 싶다고 말하자, 손화정은 추측성 발언이라도 괜찮다며 꽃선녀에게 매달렸다. 우리가 서로 친구가 되었으니 선한 마음으로 조언해줄 수 있지 않느냐며 채근하는 것이었다.

"그렇다면."

잠시 뜸을 들이더니 마침내 꽃선녀가 입을 뗐다.

"인신매매는 네 글자잖아. 네 글자라는 게 중요해."

그러더니 침을 꼴깍 삼켰다.

"이승과 저승의 갈림길에 선 영혼은 혼수상태에 처해 있어. 영혼의 세계에서는 글자 하나를 불 하나라고 하고, 불 하나를 밝히면 불 하나를 썼다고 하거든. 영혼이 이승에서의 한을 씻기 위해 마지막 표현을 하는 건데, 워낙 에너지가 많이 든다는 게 문제야. 너희를 따라온 그 영혼은 불을 하나도 아니고 둘도 아니고 네 개나 썼잖아. 자신을 위험에 빠트려가면서까지 메시지를 전하려고 하는 것 같아."

꽃선녀의 집에서 나와 우리는 누가 먼저랄 것도 없이 울음을 터트리고 말았다. 마침 비가 와서 멀리 가지도 못한 채 작은 암자의 계단에 주저앉아 넋 놓고 울었다. 하수정의 얼굴도 모르는 이나리가 가장 슬프게 울었다. "방으로도 못 들어오고 쫓겨나게 한 거 너무 미안해요."라며 마치 하수정이 바로 옆에서 서성거리고 있음을 다 안다는 듯이 울부짖는 것이었다. 인신매매는 언눈이 자신을 구해 달라며 혼신의 힘을 다해 쓴 글자이지만 우리는 아직 그 상황조차 파악하지 못하고 있었다. 언눈은 절실하고 절박했을 텐데 우리가 많이 모자라고 많이 부족하다고 느끼자 더 큰 울음이 터져 나왔다.

"인신매매라는 단어는 자신이 위험에 처해 있으니 도와 달라는 구조요청이잖아. 그런데 그 말을 전하기 위해 자신을 더 큰 위험에 빠트리다니, 어쩌면 좋아."

내 생각을 말하자 손화정은 "불쌍한 우리 수정이 언니!"를 연발했다. 처음에는 하수정이 자기를 안심시키려고 나타난 것이라고 했으면서도 내 생각에 굳이 반대 의사를 표명하지는 않았다. 나는 손화정이 마음껏 '불쌍한 우리 수정이 언니'라고 언눈을 지칭하며 우는 것이 내심 부러웠다. '불쌍한 우리 수정이 언니'라는 말이 저렇듯 자연스럽게 흘러나온다는 것은 두 사람의 관계가 더없이 확고하고 다정하다는 뜻으로 받아들일 수 있기 때문이다. 손화정과 달리 나는 수정이 언니라는 말조차 입 밖

으로 꺼내기가 미안했다. 언니라는 말도 수정이라는 이름도 언
눈의 허락이 있어야 가능할 것 같은데, 그 부분에 관해 나는 어
떤 확신도 없는 상태였다. 하수정이 책상을 달라고 했지만 초
등학교 4학년에 지나지 않았던 나는 그것을 거절했다. 내 것에
대한 집착이 강할 나이이기는 했으나 부당한 요구라고 생각했
던 점이 가장 큰 이유인 것 같았다. 지금 생각해도 그것은 부당
한 요구였다. 한 사람은 부당한 요구를 했고, 한 사람은 그것을
거절했다. 그것이 하수정과 나의 관계였지만 오랫동안 나는 그
책상을 양보하고 친자매처럼 지냈더라면 어땠을지 습관적으
로 상상했고, 그런 상상에 빠질 때면 왠지 내게 주어진 환경이
너무 비참하다는 생각이 들었다. 만약 내가 하수정을 거절하
지 않았더라면 이토록 큰 비참에 빠졌을 것 같지는 않았다. 나
에게 깊은 후회를 안겨 주는 하수정은 행복의 상징이었고 내가
겪어보지 못한 가족이었다. 그런 하수정이 혼신의 힘을 다해 글
자를 쓰고 거기에 불을 붙였다. 꽃선녀는 그만큼 절박한 상황
이었을 거라고 말해 주었다.

'무엇이 그리도 절박했던 것일까?'

목숨에 대한 위태로움과 위험이 하수정의 주변을 감싸고 있
었던 것 같았다. 이를테면 우리가 한 가족이 되지 못한 뒤 내가
그랬듯이 하수정 역시 비참하고 위험한 환경에 처했을 거라는

생각이 들었다. 책상은 주지 못했지만 도움이 필요하다고 하니 지금이라도 도움을 주고 싶었다. 하수정을 구하고 싶었다. 그러 자면 인신매매라는 단어에 축약된 어떤 위험성, 그것을 먼저 읽 어내야 했다.

나는 눈물을 거두고 오랫동안 언눈이 처했을 상황에 대해 친구들과 이야기했다. 그중에 이나리의 추측이 나와 비슷했다.

"언눈은 인신매매를 당했거나 당할 뻔했던 것 같아. 거기서 빠져나오거나 도망치다가 중태에 빠진 게 아닐까?"

그 대목에서 자연스럽게 이인선 언니를 부르자는 말이 나와 전화를 했더니 흔쾌히 나오겠다고 했다. 우리가 꽃선녀에게 들 었던 이야기를 간략히 들려주었던 게 효과를 발휘했을 것 같 다는 생각이 들었다. 기왕 만날 바에는 사고가 났다는 그 패스 트푸드점에서 만나자고 손화정이 제안했고, 이인선 언니가 동 의하면서 시간이 정해졌다.

마침 비도 그친 참이라 수다를 떨면서 약속 장소까지 느릿느 릿 걸어갔더니 이인선 언니와 시간이 얼추 맞았다. 이인선 언니 도 방금 도착했다며 매장 앞에서 기다리고 있었다.

이인선 언니가 말했다.

"지금 옥상으로 올라가 볼래?"

"그래요. 쇠뿔도 단김에 빼랬다고."

패스트푸드점은 7층짜리 건물의 1, 2층을 사용 중이었다. 3층부터는 병원과 학원, 화장품 대리점이 들어서 있었고, 7층에는 보험회사가 세 들어 있었다. 보험회사도 겉으로 봐서는 그냥 평범한 회사처럼 보였고, 학원은 고등부가 아니라 초등학생 대상인 곳이어서 하수정과는 무관해 보였다. 아무리 봐도 사람을 납치하거나 부당거래가 있을 것 같은 단서는 나오지 않았다. 그렇다고 병원이나 화장품 대리점에서 사람을 납치했을 것 같지도 않았다.

'하수정은 왜 이곳으로 왔던 것일까?'

마음으로 그런 올림이 회오리치자 막막하고 두려웠다. 친구들의 표정에서도 나와 같은 분위기를 읽을 수 있었다.

옥상 문은 잠가두었으리라 짐작했으나 아니었다. 사고가 났던 장소인데도 안에서 버튼을 돌리자 쉽게 열렸다. 몇 개월이 더 지나면 사람들은 여기서 그런 사고가 났는지조차 기억하지 못할 것 같았다.

사방으로 쭉쭉 뻗어 어딘가로 향하는 도로의 풍경처럼 시야가 턱없이 개방되면서 왠지 모를 두려움이 엄습했다. 인근에서 가장 높은 건물이기에 그런 느낌이 드는 것 같았다. 거기에 반해 옥상의 모습은 평범하기 짝이 없었다. 건물 입주자들이 올린 에어컨 실외기가 몇 개 보였고, 그 외에는 모종을 심어놓은 화분이 일정한 회오리 모양의 대열로 죽 늘어서 있었다. 고추며 가지와 파, 심지어는 감자 같은 화분도 보여 검색해봤더니 우리의 짐작이 맞았다. 그중에서도 고추 화분이 압도적으로 많았다. 고추밭 같은 옥상이었다. 작지만 딴딴한 고추가 빗방울을 머금은 채 주렁주렁 매달려 있었다. 이나리가 그중 한 개를 따서 속을 쪼갰더니 벌레가 튀어나왔다.

"썩었어."

이나리가 고추를 먼 곳으로 집어던졌다.

"여기 어디서 뛰어내렸던 거예요?"

손화정은 무서워하기보다는 약간 악에 받쳐 있는 것 같았다. 이인선 언니는 잘 모르겠다고 하며 사실은 자기도 오늘 처음 이곳에 와본 거라고 고백하듯 말했다. 하수정의 둘도 없는 절친이었지만 혼자 이곳으로 올라오는 것이 무서워 건물 입구에서 되돌아간 적이 있다고 했다.

"오늘 너희 덕에 이곳에 올라오게 되었어."

손화정은 이인선 언니에게 혼자 올라오지 않은 것은 잘한 일이라며, 자신도 혼자였다면 감히 올라와 볼 생각을 하지 못했을 거라고 말했다.

손화정이 여기저기 흩어진 채 버려진 담배꽁초를 발로 치우는 사이에 이나리와 함께 1층으로 내려가 아이스크림을 산 뒤 다시 올라와 보니 먼 산 저쪽으로 무지개가 나타나 있었다. 태어나 처음 보는 무지개였다. 이인선 언니와 손화정도 직접 보는 것은 처음이라고 했다. 넷은 옥상의 알루미늄 난간에 팔을 걸치고 무지개를 감상했다. 잠시지만 우리가 왜 여기에 올라와 있는지 잊을 정도로 풍경에 동화되었다.

"아이스크림 받아."

아이스크림을 먹으면서 무지개를 감상하려고 저마다 자신의 몫을 손에 드는데도 이나리는 옥상 난간에서 좀처럼 떨어질 줄 몰랐다. 재촉해도 소용이 없었다. 나는 이나리의 마음을 알 것 같았다.

"너 무지개 보니까 오로라가 생각나서 그러지?"

아이스크림을 먹으면서 이나리라는 이름의 내력에 관해 대신 설명해 주었다. 영국 유학생이던 이나리의 엄마가 이나리를 임신한 몸으로 핀란드에 갔고, 이나리 호수에서 오로라를 보고 우주의 신비스러움을 주체하지 못해 눈물을 쏟았으며, 그 감동을 오래 기억하고 전하기 위해 뱃속의 아이 이름을 이나리라고 지었다고 말이다.

"그리워? 너는 언제쯤 이나리 호수에 가볼 수 있을까?"

이나리 호수에 가본 적은 없지만 엄청 그리울 것 같았다. 그렇지만 지금은 얼른 와서 아이스크림을 먹는 게 나을 것 같다고 말해 주었다. 조금만 더 지체하면 아이스크림은 사라지고 스틱만 남을 것 같았다.

"알았어."

우리가 동그랗게 모여 앉은 곳으로 다가와 아이스크림을 받아들기는 했지만 이나리는 선뜻 포장을 뜯지 못했다. 확실하게 알 수는 없었지만 나는 이나리의 감정이 내가 짐작하기 어려운 곳에서 방황하는 것 같아 불안했다.

나와 눈을 마주치고 난 뒤 이나리가 입을 열었다.

"사실은…… 이나리 호수, 그런 거 다 개뻥이야."

"응?"

우리 모두 이나리의 얼굴을 쳐다보았다. 어느새 이나리는 눈물을 흘리고 있었다.

"영국 유학생이며 핀란드는 무슨…… 내가 책 보고 지도 보면서 지어낸 얘기야."

나는 곧장 이의를 제기했다.

"야, 너 발음도 완전 영국식이잖아."

"난 엄마가 누군지도 몰라."

"응?"

"그냥 그런 엄마가 있었으면 좋겠다고 간절히 바랐던 것 같아."

뒤로 나자빠진다는 말은 이런 경우를 두고 하는 말 같았다. 나는 충격을 받은 나머지 말문이 막혀 버렸다.

"엄마가 짜장면집 주방장 겸 사장이라고 하지 않았어?"

그렇게 물어본 사람은 손화정이었다. 나 역시 그렇게 알고 있었다. 이나리는 아무 말이 없었다. 눈물을 닦으며 코를 훌쩍일 뿐이었다.

"난 나라에서 운영하는 시설에서 살아. 다행히 좋은 분들을 만나 큰 어려움 없이 지내고는 있지만……."

이나리의 말끝이 오그라들고 있었다. 그 뒤로는 아무 말도 귀에 들어오지 않았다.

시간이 지나자 이나리는 조금씩 안정을 되찾았다.

"아씨…… 저놈의 무지개 때문에 내가 너희한테 별별 이야기를 다 털어놓았네. 오늘 밤 완전 이불킥할 것 같아."

"야, 무지개 갔다. 없어졌어."

"그러네."

이나리는 저 혼자 킥킥거리며 웃었다. 빈 그릇 같은 그 웃음이 오래가지는 않았다. 이후 나는 한참 더 멍한 상태로 있었다.

'우린 베프인데 왜 나한테까지 숨겼어? 툭하면 떡볶이도 네가 샀잖아. 엄마의 짜장면집이 장사가 잘 된다고 하면서. 왜 그랬어?'

이나리가 왜 자기 집에 나를 초대하지 않는지에 대한 의문 하나가 풀렸는데도 다른 궁금증들이 꼬리에 꼬리를 물었다.

'그건 우리가 더 이상 어린애가 아니기 때문은 아닐까?'

우리가 성장해 가고 있기 때문이라며 스스로에게 위로 아닌 위로를 보냈다. 이나리도 나도 조금씩 자라며 가슴도 커지고 마음도 단단해지는 중이었다. 나는 이나리 문제는 일단 접어두기로 했다.

우울했던 분위기가 전환된 것은 언눈의 교복 단추에서 본 글자와 그것 때문에 생긴 시시콜콜한 소동을 다시 입에 올리면서부터였다. 꽃선녀를 만나 들었던 이야기도 하염없이 반복되었다. 눈물 콧물이 마르고 나자 이나리의 어투도 달라졌다.

"우리 중에서 그 글자는 도은경만 직접 봤어요. 그런데 처음에는 뭐라고 읽었는지 아세요? 인신매매라는 글자를 '인매, 신매'라고 읽었대요."

나도 모르게 얼굴이 뜨거워졌지만 이인선 언니의 이상한 표정으로 시선이 옮겨지면서 이내 잊어버리고 말았다. 다른 아이들도 이인선 언니의 표정을 살폈다. 우리가 주목하고 있음을 눈치챈 이인선 언니가 잠시 주저하다가 입을 열었다.

"인신매매는…… 수정이가 나에게도 몇 번 했던 말이야."

"네?"

셋은 동시에 경악했다. 피가 한곳으로 쏠리는 것 같았다. 인신매매라는 단어의 의미를 안다는 소리로 들리기 때문이었다.

"수정이는 자기도 나도…… 두성 아이들 모두 인신매매를 당했다고 생각했던 것 같아."

잠깐 몸을 틀고 휴대폰에서 인신매매라는 단어를 검색해 보았다. 국어사전에는 '사람을 물건처럼 사고팖'이라고 되어 있었고, 백과사전에는 '사람을 물건처럼 매매함으로써 타인에 대하여 예속적인 상태에 두는 일'이라고 인신매매의 의미를 요약해 놓았다. 사전에 나와 있는 풀이는 어렵지 않았다. 평소에 내가 생각하던 그 인신매매와 다르지 않았다. 하지만 이인선 언니의 말과 잘 연결되는 것은 아니었다. 이인선 언니도 그것을 연결하는 일이 어려운 것임을 알고 있는 것 같았다.

"설명하려면 좀 길고……. 어쩌면 잘 납득이 안 될 수도 있어. 사실 나도 그 말에 백 퍼센트 공감하지는 않았던 것 같아."

손화정은 서두가 길다고 생각하는 것 같았다. 그런 소리 다

빼고 얼른 본론을 말해달라며 재촉하고 싶은 눈치였다. 한숨과 몸짓에 성급함이 확연히 드러나 있었고, 그것을 또 눈치채고만 이인선 언니의 표정도 조금씩 창백해져 갔다.

"수정이는 의지가 강한 친구야. 프라이드도 강하고 무엇보다 꿈이 있었어. 지나치게 나댄다고 생각하는 아이들도 있지만 그건 개인 취향이 아닌가 싶어."

이인선 언니의 이야기에 따르면, 하수정은 뭐든 열심히 하는 것에 자신감을 보였고, 그것은 각자의 몫이라고 생각했다. 그런데 고등학교에 들어가고 얼마 지나지 않아 무언가 잘못되었다는 것을 느꼈다. 장래에 매니저나 코디네이터가 되려는 학생에게는 도움이 되겠지만 대학 진학과는 거리가 멀었다. 그런데도 학생들을 끌어들이기 위해 대학 진학도 가능하다며 거짓말을 해왔다는 것이었다.

"수정이는 속임수가 있었다고 생각했어."

구승재가 우리를 두성미래선도고등학교로 보내기 위해 사용한 갖가지 편법을 다시 환기할 필요는 없었다. 나 역시 그만큼 당했고 고통받았기 때문이다. 순간 내 머릿속에 떠오른 것은 아빠가 밴드에서 들었다며 해준 말이었다. 대한민국은 극심한 인구감소로 대학교만 폐교 위기에 처한 상황은 아니라는 것과 살아남기 위해 안간힘을 다하고 있는 고등학교가 부지기수라는 내용이었다. 구승재는 위기에 처한 고등학교 하나를 살리기 위해 무거운 총대를 멘 교사였다. 그리고 끔찍한 사실 하나가 더 있었다.

약하고 불행한 결손가정 아이들.

그 아이들이 구승재의 표적이 되었다. 구승재는 위기에 처한 학교를 살리기 위해 뒤탈이 거의 없을 것 같은 아이들만 쏙쏙 골라 입학을 강요하는 무리수를 두었다. 그것이 하수정이 자신의 목숨을 담보로 알리고자 했던 네 글자의 의미라고 하더라도 인신매매가 완벽히 설명되는 것은 아니었다. 만약 우리 네 명이 지금 영화나 소설 속 주인공의 자격으로 사건을 파헤치고 있는 거라면 방법은 간단했을 것이다. 주인공들이 사건 속에 가려진 보이지 않는 흑막까지 시원하게 밝히고 폭로했을 테니까. 우리는 이야기 속 주인공도 못 되는 무능한 아이들이어서 3년 전에도 당했고, 올해도 꼼짝없이 당하게 생겼다. 나는 이제부터 펼쳐질 나의 미래가 암담하게 느껴졌다.

인신매매가 시원하게 해명되지 못한 상태에서 기껏 물어볼 수 있었던 것이 언눈의 학교생활이었다. 특히 이인선 언니에게 동아리 담당교사와 있었던 일을 자세히 듣고 싶었다.

"언니도 하수정 언니와 함께 동아리 활동을 했다면서요?"

"맞아, 이전 도서관 담당교사가 되게 좋은 분이셨거든. 그런데 그분이 학교를 그만두었는데도 우리는 어떤 기대감을 갖고 그 동아리에 들어갔던 것 같아. 워낙 소문이 좋게 났었기 때문에 어느 정도는 비슷하리라 믿었는데 아니었어. 전혀 다른 분위기였지."

"어땠는데요?"

"좋게 말하면 부담이 없었고, 나쁘게 말하면 형식적이었던 것 같아."

"그냥 시간 때우기 같은 거요?"

"맞아."

"사고가 나기 전에 하수정 언니에게 무슨 일이 있었던 거예요?"

이미 들어서 알고 있었지만 한 번 더 확인하고 싶었다.

"그 주 화요일이 생활기록부 기재 마감일이었는데, 동아리 담당 샘은 월요일 오전까지도 기재하지 않았어. 매사에 적극적이었던 수정이가 선생님을 찾아가 입력 좀 해달라고 했더니 그때도 화부터 내더래. 화요일이 마감이니까 그때까지 하면 되는데 네가 왜 난리냐고 하면서."

나는 화요일까지 기재하면 되는데 그게 왜 문제인지 정확히 이해되지 않아 다른 친구들의 눈치를 살폈다. 이나리와 손화정도 비슷한 심정인 것 같았다. 하지만 여러 번 질문이 오간 뒤 그것이 왜 문제인지 알게 되었다. 생활기록부 마감은 기재 마감만 한다고 되는 게 아니었다. 수시전형을 앞둔 고3들은 학생부 전체 내용을 마감 날까지 검토해 그것을 바탕으로 어느 학교에 지원해야 하는지 결정을 내려야 하는 것이었다. 이를테면 기재가 끝나도 마감 전까지 할 일이 많았다. 아니, 기재가 끝나야 수시 구상이 가능하니 그때부터가 진짜 시작인 셈이었다. 하지만 알고 보니 수시니 기재마감이니 하는 것은 그 학교의 시간표가 아니었다. 대학 진학을 희망하는 아이들이 다른 학교 친구들과의 연락망을 통해 파악한 분위기였을 뿐이다. 두성미래선도고 등학교에서는 대학 진학을 희망하는 학생들을 배려하지 않았다. 진학반이 있는데도 그랬다. 생활기록부 입력을 좀 빨리 해달라는 것은 하수정만이 아니라 진학반 모든 학생이 바라던 일이었다. 사실 담당교사에게 빨리 기재 좀 해주십사 부탁하는 것은 있을 수 있는 일 정도가 아니었다. 다른 학교에서는 선생님들이 더 나서서 안 되는 일도 되도록 만들고 있었다. 학생을 직접 찾아다니면서 부족한 게 있는지, 뭘 더 보충해야 하는지 찾아내라고 채찍질하고 닦달할 정도였다. 거기서 의견수렴이 되면 마감 직전까지 생활기록부 내용을 수정하고 보충하는 일이 가능해졌다.

이인선 언니가 말했다.

"모교니까 우리 학교를 좋아하고 잘 되기를 바라지만, 시대에 뒤떨어졌다는 생각을 하지 않을 수 없는 일들이 종종 일어났어. 체벌은 또 얼마나 지나쳤던지……."

"체벌요?"

"욕을 하다가 걸리면 손을 뒤로 하고 쓰레기통 속에 고개를 처박으라는 선생님들이 버젓이 있었으니 말 다한 거지."

"쓰레기통요?"

"욕을 했으니 너는 쓰레기야. 그러니 쓰레기통에 머리만이라도 처넣어, 이러면서."

우리는 '헐, 오 마이 갓'이라는 한탄을 연신 뿜어냈다. 인기 없는 학교를 살리기 위해 미래선도고등학교라는 허울을 썼을 뿐 사실은 과거회귀고등학교였다. 구승재의 말과는 달라도 너무 달랐다. 모든 게 속임수였다.

"확실한 것은 대학에 진학하려면 우리 학교에 입학해서는 안 된다는 거야. 그게 가능하다고 홍보하지만 사실이 아니야. 선생님들은 그것을 도와줄 생각을 조금도 안 하고 능력도 없어. 도서관 선생님만 해도 수정이가 자꾸 재촉하니까 도서관 활동에 대해 써주긴 써줬는데, 1500바이트까지 채울 수 있는 칸에 기껏 300바이트도 안 되는 글자를 써준 거야. 조금만 더 채워주시면 안 되겠느냐고 했더니 선생님 입에서 바로 나온 것이 교권 침해라는 단어였어. 학생이 교사의 교권을 침해했다고 펄펄 뛰면서 얼마나 여기저기 떠들고 다녔는지 몰라."

"그것 때문에 수정이 언니네 담임이 학종 열람을 막았다면서요?"

"응. 전략을 짜야 하는데, 그게 막히니까 애들이 난리 났지. 그런데 그 분노가 담임이나 선생님, 학교로 가는 것이 아니라 고스란히 수정이에게로 향했어. 사실 수정이가 담임한테 동아리 담당교사에게 이야기해서 1500바이트를 채울 수 있게 해달라고 도움을 요청하려던 찰라였는데, 거꾸로 동아리 담당교사가 먼저 선수를 친 거야."

그때 우리 뒤에서 이런 소리가 들렸다.

"담임한테 컴플레인을 넣었다는 거지?"

뒤를 돌아보았더니 모르는 아저씨가 커다란 종이백을 든 채 우두커니 서 있었다. 누구냐고 물었더니 이 사건에 관심이 많은 사람이라고 했다.

"그날 학교에서 봤던 사람이야."

이인선 언니가 내 옆구리를 찔렀다. 입학설명회를 할 때 인부 아저씨 같은 행색으로 교실을 기웃거리던 사람이 생각났다. 아이들은 그를 김 형사라고 불렀다.

"잠깐 이야기 좀 해도 될까?"

그러더니 우리 앞에 털썩 주저앉았다. 긴장하고 말 것도 없었다. 김 형사는 이미 우리 뒤에 숨어 많은 이야기를 엿듣고 난 뒤였다.

"일단 이것부터 먹고 보자. 온종일 굶었더니 배가 고프네."

그러면서 가지고 온 종이백에서 햄버거를 꺼냈다. 더도 덜도 아닌 다섯 개였고, 모두 빅불세트였다. 이나리는 빠른 동작으로 종이백을 받아 햄버거를 하나씩 나누어주고 각각의 콜라에 빨대도 꽂았다. 김 형사는 콜라가 든 종이컵을 빙빙 돌리다가 이렇게 말했다.

"너희 셋은 동남여중 학생이지? 셋 다 이번에 두성으로 원서 썼더라."

"네?"

이나리와 나, 손화정은 소스라치게 놀라며 서로의 얼굴을 마주 보았다.

'이나리, 너도 두성에 원서 썼어?'

지금 중요한 건 그게 아니었다. 이름을 말하지 않았는데도 김 형사가 우리 셋이 누군지 정확히 알고 있었고, 두성에 원서 썼다는 사실까지 파악하고 있다는 점이었다. 게다가 사람 수에 딱 맞게 햄버거를 사왔다.

"먹어, 먹어."

그때 김 형사의 주머니에서 전화벨이 울렸다. 그는 절반가량 먹던 햄버거를 든 채 건물 안으로 걸어가며 전화를 받았다.

담임 찾기

　김 형사는 첫인상과는 조금 달랐다. 취조하거나 수사를 하려고 나타난 게 아니라 단지 우리의 고충을 들어주려고 온 사람처럼 행동했다. 거부감을 줄이려고 하는 페이크임을 못 알아볼 우리가 아니었지만 어느 정도 긴장감을 누그러뜨릴 수 있던 것은 사실이었다. 김 형사는 자기 몫의 감자튀김을 다 먹은 뒤 내 것을 탐내면서 "먹어도 되지?"라고 묻기도 했다. 나는 믿거나 말거나 하는 기분으로 언눈뿐만 아니라 인신매매에 관한 이야기까지 스스럼없이 해버렸다. 그는 말도 안 된다며 나무라기는커녕 가끔 고개를 끄덕이며 맞장구까지 쳤는데 속셈이 무엇인지 알 수가 없었다.

"그러니까 너희 학교에 나타난 귀신은 하수정이고, 자기가 인신매매를 당했으니까 구해 달라고 한다는 거지?"

"네."

하지만 이인선 언니는 입을 꾹 다물고 한마디도 하지 않았다.

"학생은 어떻게 생각해?"

이인선 언니는 김 형사가 어깨를 툭 쳤을 때에서야 마지못한 듯 입을 열었다.

"제 생각에…… 수정이는 자기를 구해 달라고 말하고 있는 게 아닌 것 같습니다."

나는 조금 놀랐다. 물어본 적은 없지만 지금껏 언눈이며 교복 단추 이야기를 잘 받아주어 나랑 생각이 다르지 않다고 믿었기 때문이다. 그렇다면 하수정은 왜 귀신이 되어 나타났다고 생각하냐는 김 형사의 질문에 이인선 언니의 대답은 지나치게 단순했다.

"걱정이 되어 나타난 거라고 생각합니다."

"걱정?"

"혹시 동남여중 학생들 중에 강요에 의해 두성으로 가서 낭패를 볼 아이가 또 생기는 것은 아닐까 하는 걱정이요. 수정이는 그러고도 남을 성격이거든요."

"음."

"인신매매는 구조요청이 아니라 경고인 것 같습니다. 수정이는 자신을 구해 달라고 부탁하는 게 아니라 우리를 구하려고 온 거예요."

그 대목에서 울컥하며 속에서 치받치는 것이 있었다. 또 다른 피해자가 생길까 봐 자신의 목숨이 위태로워지는데도 불을 켰다는 이야기가 아닌가.

그때 이나리가 이런 말을 했다.

"그렇다면 굳이 인신매매라는 단어를 썼을까요? 불을 네 개나 써가면서…… 아니, 아니."

자신의 입에서 꽃선녀에게 들었던 말까지 나오자 당황한 이나리는 두 손으로 입술을 틀어막았다. 다행히 김 형사가 거기에 반응하지는 않았다. 생각해 보니 정말 그랬다. 단지 두성으로 가지 말라는 뜻을 전하고 싶었다면 '안 돼' 또는 '노'라는 단어만으로도 충분했을 것이다.

나는 마지막 남은 감자튀김을 입에 넣었다.

"이건 순전히 추측인데요, 일부 교사들이 학생들을 그 학교로 떠밀고 대가를 받았을 수도 있잖아요. 돈거래 같은 거, 그런 걸 조사해야 하는 거 아닌가요?"

김 형사는 "그럴 수도 있지."라며 자신의 눈두덩을 문지르더니 마른세수를 했다.

"수정이가 인신매매라는 단어를 다른 사람에게도 사용했을까?"

이인선 언니가 혼잣말처럼 중얼거렸다. 무슨 소리냐고 물었으나 대답은 들을 수 없었다. 이인선 언니의 성격이 매사에 소극적이고 수동적인 것처럼 답답해 보이지만 누구보다도 치밀하게 이 상황을 따져보고 있을지도 몰랐다. 만약 인신매매라는 단어에 가책을 느낄 정도로 연루된 사람이라면 그 단어를 접하고 나서 몹시 화를 내고 분통을 터트렸을 것이다. 그랬다. 남아 있는 중요한 과제가 하나 더 있었다. 왕따가 원인이 되어 하수정이 스스로 옥상을 향해 걸어 올라갔다는 이야기가 사실인지 아닌지 밝혀내야 하는 것이었다. 하수정은 중환자가 되어 의식도 없이 병원에 누워 있는데 학교와 선생님들, 학생들은 아무 일 없다는 듯 일상생활을 이어나가고 있다는 사실을 도무지 받아들일 수가 없었다.

"하수정 언니는 모두를 위해 나섰던 거잖아요. 그랬는데도 비난만 받으니 얼마나 억울했겠어요. 나라도……."

손화정의 울분이 내 마음을 두드려댔다. 차마 하지 못한 뒷말이 무엇인지는 굳이 애쓰며 상상하지 않아도 알 것 같았다.

그런데 이인선 언니는 함께 분개하기보다 왠지 모르게 딴생각에 몰두해 있는 것 같았다. 시선이 자꾸만 저 먼 사거리 어딘가, 알 수 없는 곳을 헤매고 있었다. 김 형사는 어떤지 몰라도 시간이 흐르면서 이인선 언니의 그와 같은 태도가 이상하다는 것을 우리 셋 다 느끼게 되었다. 인신매매라는 단어의 뜻처럼 충격적인 비밀이 또 있는 것은 아닐까?

"사실 수정이는……."

그렇게 입을 열었지만 이인선 언니는 또 한참 시간을 끌었다. 나는 답답한 나머지 이인선 언니의 용기가 손화정의 십분의 일이라도 되었으면 좋겠다는 생각을 하기도 했다. 햄버거 먹은 쓰레기를 정리하고 남은 콜라까지 탈탈 마셨는데도 이인선 언니의 망설임은 이어졌다.

"뭔데요, 문제 있어요?"

손화정이 재촉하자 이인선 언니가 겨우 입을 뗐다.

"수정이는 절대 그런 애가 아니에요."

"응?"

"수정이는…… 열 받으면 어디든 불을 지를 수는 있어도 건물에서 뛰어내릴 애는 아니에요. 전 수정이가 뛰어내렸다는 거 안 믿어요. 너희는 수정이가 그랬다는 것이 믿어지니?"

이인선 언니가 손화정과 나에게 시선을 집중하더니 "아는 사이였다면서?" 하고 다그쳤다. 하수정이 정말 그럴 사람이라 생각하느냐고.

"그렇지만…… 그러니까……."

우리는 누가 먼저랄 것도 없이 얼버무리고 있었다. 손화정은 몰라도 나는 하수정이 그럴 수 있는 사람인지 아닌지 판단할 수 없었다. 손화정의 분노에 비해 나의 그것은 여리고 힘이 없었다. 하수정에 관해 말할 일이라고는 책상에 관한 것뿐인데, 나는 그때까지 하수정과 나 사이에 얽힌 진짜 사연을 아무에게도 말하지 않은 상태였다.

마침내 이인선 언니가 굳게 결심한 듯 아랫입술을 꽉 깨물었다. 그러고는 김 형사의 얼굴을 올려다보면서 이렇게 말했다.

"저는 그날 담임 만나러 간다는 이야기를 분명히 들었거든요."

"담임?"

김 형사가 와락 긴장하는 게 피부로 전해졌다. 눈빛도 달라졌다. 나 역시 깜짝 놀란 참이었다. 담임을 만나러 갔다고? 그걸 왜 이제야 말하는 거지?

수정이는 뛰어내릴 애가 아니에요.

처음에 그 일은 하수정 사건을 미궁으로 밀어 넣기 위한 의도로 읽혔다. 실수나 실족과 같은 단어를 떠올리게 했다. 안타

깝지만 실수는 실수다. 누구의 책임도 아니다. 내게는 이인선 언니가 자꾸만 시선을 우리에게 두지 않고 멀리, 사거리 너머 어딘가에 두고 있는 것도 그런 회피로 보였다. 그런데 하수정이 담임을 만나러 나간 뒤 반죽음 상태가 되었다면 전혀 다른 이 야기가 될 거라는 생각이 들었다. 자세히 좀 말해 보라고 했을 때 이인선 언니는 꺼리는 표정을 지었다. 하지만 곧 마음을 수습한 듯 조심스럽게 입을 열었다.

"그래서 아무도 몰래 수정이네 담임을 지켜보았어요. 영어를 담당하는 여자 선생님인데…… 물어볼까도 싶었지만 차마 그러 지는 못하고……. 그런데 공교롭게도 SNS에 그날 담임이 가족 들이랑 부산에 다녀왔다는 글이 실려 있더라고요."

"그래서?"

"제가 잘못 들은 것은 아니에요. 전 분명히……."

이인선 언니가 겁먹은 표정으로 김 형사의 눈치를 보았다. 그 동안 아무에게도 하지 못했던 말이라 마음고생이 많았던 것 같 았고, 겨우 꺼내놓기는 했지만 괜한 모함이 될 수도 있는지라 마음이 편치 않아 보였다.

"혹시 우리 담임 만나보셨어요?"

이인선 언니의 질문에 김 형사의 대답이 다시 심드렁해졌다.

"만나봤지."

부산에는 사촌동생 결혼식 때문에 갔으며, 사진으로 확인도 마쳤다고 김 형사가 말했다. 잠시 침묵이 흘렀다. 미심쩍음은 그대로인데 앞뒤가 꽉 막힌 것 같은 느낌이었다. 반면 이인선 언니는 오래 참았던 말을 하고 나자 숨이 쉬어지는 모양이었다. 큰 숨을 몰아쉬면서 앉은키를 부풀렸다 줄였다 하고 있었다. 그때 이나리가 그 담임이 꼭 지금 담임을 의미하는 것은 아닐 수도 있다고 용기 내어 말하자 이인선 언니가 곧바로 고개를 끄덕였다.

"고1, 고2 때 담임도 알아봤어. 두 분 모두 여자 선생님인데, 고2 때 담임은 나도 편안하게 생각하는 분이라 그날 뭐하셨는지 직접 물어봤고, 고1 때 담임은 알리바이가 명확하지는 않지만 왠지 이닌 것 같았어. 학생이든 누구든 타인에 관해서라면 전혀 관심 없는 사람이거든. 세상 다 산 것 같은 늙수그레한 표정으로 매일 교실 의자에 앉아만 있는 선생님 있잖아. 수업할 때도 앉은 자리에서 일어서는 법이 없는 선생님이야."

"교단에 선 분이 아니라 교단에 앉은 분이네요."

이나리가 재치 있게 받아쳤다.

"맞아. 그런 선생님이 쉬는 날 수정이를 만나러 이곳 사거리까지 나왔을 것 같지는 않아. 게다가 서울에 사시는 분이라 여기서는 집도 멀어."

"그럼 어떻게 된 걸까요?"

"난 분명히 수정이가 담임 만나러 간다고 말하는 소리를 들었어. 그러니……."

"그러니 뭐예요?"

재빨리 끼어든 것은 손화정이었다. 나 역시 하수정이 만났다는 담임 찾기를 그만두고 싶지 않았다. 공상에 가까운 말이 될지는 모르지만 어디선가 하수정이 '담임'이라는 단어에 손을 얹고 그것을 클랙슨처럼 울려대고 있는 것 같았다.

"고등학교 담임이 아니라 중학교나 초등학교 담임일 수는 없는 걸까요? 하나하나 거슬러 올라가 봤으면 해요. 하수정 언니 중3 때 담임은 누구였어요?"

이나리는 능구렁이 같은 태도로 말하고 있었다. 김 형사 앞이 아니었다면 그런 식의 연극은 필요하지 않았을 것이다. 이인선 언니 역시 이나리의 표정에 호응하며 시치미를 뗐다.

"중3 때 우리 담임은 구승재 선생님이었어. 수정이하고 나는 같은 반이었거든. 두성미래선도고등학교에 가게 된 것도 담임이 권유해서야. 수정이는 인문계고등학교에 진학하려고 했었는데 담임이 너 같은 환경의 아이가 인문계고등학교를 나와 뭐 하려고 그러냐며 반대해서 가게 된 거야. 수정이는 그래도 두성에는 가지 않으려고 했는데, 구승재 선생님이 정 가기 싫으면 원서만 쓰라고 해서 썼고, 나중에는 발목을 잡히고 말았지."

"힐!"

우리 셋이 동시에 외쳤다. 나는 하수정이 두성으로 가게 된 코스가 나와 너무 비슷해서 소리를 질렀고, 이나리는 구승재의 속임수에 분개해서였으며, 손화정은 허탈해하는 것 같았다. 그 허탈감이 어떤 혼란스러움인지 정확히 몰랐으나 손화정의 다음 반응을 보고 감을 잡을 수 있었다.

"정말 이상하지 않아?"

손화정이 목소리를 높였다. 꽃선녀를 만날 때 적극적이었던 손화정이 이인선 언니를 만나면서 왠지 모르게 무기력해진 듯했으나 구승재라는 이름이 나오면서 다시 기운을 차린 것 같았다. 그 문제를 나는 이렇게 이해했다. 손화정은 하수정이 뛰어내렸다는 사실에 진저리를 치고 있다가 그게 아닐 가능성이 제기되자 다시 활기를 되찾은 거라고 말이다.

갑자기 좋은 생각이 떠올랐다.

"우리 지금 중학교로 가서 구승재 선생님을 만나볼까?"

다분히 김 형사를 의식한 말투였다.

"이인선 언니가 인사 가는 척하고 우리는 따라가면 되잖아. 졸업생들이 존경하는 옛 은사님을 찾아가는 것은 흔한 일이니까."

그러면서 그만 가봐야겠다며 일어나 앉은자리를 정리하는 김 형사에게 내가 모은 쓰레기를 건넸다. 김 형사가 다 함께 모은 쓰레기를 버리기 위해 건물 안으로 들어가자 이인선 언니는 "존경한다고?" 하면서 도리질을 쳤다.

"난 구승재를 존경한 적이 없어. 수정이도 그렇고. 그건 확실해."

"그런데도 만약 만나려고 했다면요?"

"죽이려고 그랬겠지."

"네?"

"수정이는 구승재를 죽이고 싶어 했어. 진학상담을 할 때 그냥 원서만 쓰고 안 가도 된다고 해놓고 나중에 갈 수밖에 없도록 일을 만들었던 거, 수정이는 한시도 잊은 적이 없을 거야. 그만큼 우리 학교가 좀 그랬어. 망해가는 고등학교 하나를 어떻게든 살리려고 여러 사람이 속임수를 쓰는 것 같다고 할까? 수정이와 나는 거기에 휘말리고 말았던 경우이고. 생각해 보면 3년 내내 힘들지 않은 날이 없었어."

원서만 써.

알고 보니 엄청난 속임수였다.

나도 원서만 쓰라고 해서 썼는데 어쩌면 좋으냐고 물었더니 이인선 언니는 학부모가 나서야 한다고 했다. 부모님 두 분 중 한 분이라도 학교에 찾아오거나 전화를 해서 의사를 분명히 밝혀야 한다는 것이었다.

"전화만으로도 될까요?"

인도에 가 있는 아빠를 떠올리며 물었더니 일단은 아빠가 직접 전화를 걸어 내 자식 진학은 이렇게 하겠다며 확실히 못을 박으라고 했다.

"한 부모 가정이고 그 한 부모가 자식의 진학에 무관심할 때 이런 일이 일어나는 거야. 수정이하고 나하고 그런 이야기를 자주 나누었어."

이인선 언니가 내 손을 꽉 잡았다가 놓았다.

"일단 구승재를 만나러 가요. 같이 쳐들어가요, 우리."

손화정다운 제안이었지만 실현될 가능성은 크지 않았다. 어쩌면 그냥 한번 해 본 소리였는지도 모른다. 그런데 우리 등 뒤에 다시 나타난 김 형사가 전화해서 찾아뵈어도 되느냐고 물어보라며 부추긴 뒤 상황이 달라졌다. 이인선 언니는 정말로 전화번호를 찾아 눌렀다.

세 번째 걸었을 때 구승재가 전화를 받았다. 우리는 스피커 버튼을 누른 다음 동그랗게 서서 전화기에 귀를 기울였고, 김 형사는 무관심한 척 조금 떨어진 위치에서 담배를 피워 물었다.

"선생님, 저 인선이에요. 두성미래선도고등학교로 진학했던 이인선요. 지금 학교로 찾아뵈어도 될까요?"

우리는 이미 그 대목에서 서로를 마주 보며 고개를 내저었다. 귀가 어두운 구승재에게 한꺼번에 너무 많은 말을 했다는 생각 때문이었다. 이인선 언니는 구승재가 처한 현실을 잊고 있던 것 같았다. 아니면 구승재의 증세가 3년 전 언니들이 학교에 다닐 때보다 훨씬 심각해졌거나.

아니나 다를까. 이인선 언니가 "이인선이라구요." 하면서 자기 이름을 반복해 설명하기 시작했다. 이인선 언니의 얼굴에서 식은땀이 흘렀다. 구승재와 이인선 언니의 대화는 한참이 지나도 진전이 없었고, 그다음 단계로 넘어가지 못했다. 김 형사도 담배를 끈 채 다가와 귀를 기울이고 있었다.

"원래 이래요, 이런 사람이에요."

나는 김 형사를 돌아보며 말했다.

"지난번 입학설명회 때 학교에 가서 선생님도 뵈었잖아요."

그 말도 소용없었다. 심각한 것은 구승재의 기억력이 아니라 청력이기 때문이다. 하지만 이인선 언니는 계속해서 구승재의 기억을 되살리려고 했다. 그것이 의사소통을 더 어렵게 만든다는 사실을 우리는 알았지만, 이인선 언니는 모르는 것 같았다.

입학설명회라는 단어조차 못 알아들을 구승재에게 그 밖의 말들은 들리지 않는 소음에 지나지 않았을 것이다.

"언니, 언니!"

손화정이 양손으로 가위표를 그어대며 이인선 언니에게 신호를 보냈다. 나중에는 자기 휴대폰을 보여주기도 했다. 전화를 끊고 문자로 다시 연락하라는 의미였지만 이미 발동이 걸려버린 통화를 이인선 언니가 일방적으로 끊는 것도 쉬운 일은 아니었다.

마침내 이인선 언니의 입에서 이런 설명까지 나왔다.

"중3 때 하수정과 친했던 이인선인데 정말 기억 안 나세요?"

"뭐라고?"

구승재의 목소리가 크게 들려왔다. 그나마 가장 확실한 반응이었다.

"누구? 누구라고?"

이인선 언니가 또박또박 대답했다.

"하수정요, 하수정하고 친했다고요."

"뭐라고? 누구라고?"

"하, 수, 정, 하, 수, 정, 요."

그러자 의외의 반응이 나타났다. 구승재가 벼락같은 고함을 질렀다.

"야, 너 누구야! 누군데 장난질이야?"

그 뒤로 입에 담을 수 없는 쌍욕이 펼쳐졌다. 말 그대로 19금에 해당하는 욕들이었다.

"아, 저…… 그게 아니라……."

이인선 언니의 목소리는 오그라들었고, 우리 셋은 서로에게 지친 표정을 드러내며 고개를 내저었다. 구승재는 하수정의 친구 이인선이라고 하는 말을 하수정이라는 말로 알아들었던 것이다. 나는 속으로 구승재의 증세가 3년 전에는 이 정도는 아니었던 모양이라고 짐작했다. 그런데 통화는 단순 불통으로 끝나지 않았다. 구승재가 따발총처럼 쏘아붙이기 시작했다.

"야, 도대체 너 누구야? 누군데 수정이 흉내를 내고 지랄이야? 한동안 귀신처럼 꾸미고 학교에 나타나 소란을 피우더니 이제는 전화질이냐? 그러면 내가 겁낼 줄 알아? 어쩌라고? 나더러 뭘 어쩌라고 난리야, 시발것들아……."

그게 다가 아니었다.

"너희가 아무리 그래도 나는 흔들리지 않아! 나는 그냥 좋은 선생님이었을 뿐이야. 한 번만 더 전화하면 가만 안 둘 거야, 알아들어?"

그러더니 전화가 뚝 끊겼다. 우리는 서로의 얼굴을 마주 보며 입을 딱 벌렸다. 김 형사는 입술을 오므린 채 앞으로 쭉 내밀면서 고개를 끄덕이고 있었다. 어안이 벙벙하고 뒷골이 당겼지만 확실해진 것이 하나는 있었다. 그 순간 우리는 하나로 뭉쳐 더 이상 당하지 않겠다고 다짐하는 하수정이 되어 있었다.

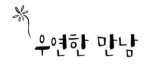

우연한 만남

집으로 돌아와 아빠와 메시지를 주고받았다. 급한 불부터
끄고 싶었다. 먼저 담임과 통화해 나의 고등학교 진학 문제를
확실히 해달라고 주문했다. 인도와는 시차가 크지 않아 실시간
으로 의사소통은 되었지만 아빠는 담임과의 통화를 자꾸만 내
일로 미루었다. 처음에는 그래도 되겠다고 생각했으나 안일한
판단인 것 같아 오늘 통화해야 한다고 우겼다. 그런 가운데서
도 전화기를 통해 들려오던 구승재의 음성이 사라지지 않고 남
아 계속 혼란을 주었다. 가장 많이 재생된 말은 이거였다.

"너희가 아무리 그래도 나는 흔들리지 않아!"

언뜻 들으면 독립운동을 하는 사람의 기백 같았다. 그런 착각은 잘 들리지 않고 잘 들을 수도 없기에 나타나는 현상일지도 모르겠다는 생각이 들었다. 구승재의 음성은 분명 공포에 질려 있었다. 두성미래선도고등학교에 가야 한다며 나를 깔보고 내리누르던 목소리와는 크게 달랐다. 그러면서도 흔들리지 않겠다며 모순된 말을 했다.

"가기 싫어하던 수정 언니를 억지로 두성에 가라고 했는데, 마침내 옥상에서 뛰어내려 사경을 헤매는 처지에 놓이니까 죄의식 같은 것이 생겼다는 건가?"

이나리가 진단을 내리자 이인선 언니는 "수정이는 뛰어내린 게 아니야."라고 중얼거렸다. 곰곰이 생각해 보니까 이나리의 가정은 맞는 것 같았지만 동시에 맞지 않았다. 무엇보다 어떤 상황에서도 구승재는 제 발이 저릴 사람이 아니었다. 더구나 구승재에게 죄의식 같은 감정이 있을 수 있다는 게 믿어지지 않았다. 구승재의 사전에는 책임이라는 단어가 없었다. 만약 그가 책임감 있는 사람이었다면 그토록 나빠진 청력을 속이거나 방치하지는 않았을 거라는 생각이 들었다. 들리지 않는데도 보청기조차 하지 않은 채 수업에 임하고 교사생활을 이어가는 구승재는 무책임을 넘어 무법한 사람이었다.

그런 구승재가 공포에 찌든 목소리로 흔들리지 않겠다고 말했다.

'구승재도 언눈을 본 것일까?'

통화 내용으로 짐작해 보면 틀림없이 보았을 것 같았다. 몇몇 학생뿐만 아니라 구승재 눈에도 보였다면 언눈은 더 이상 환각이 아니라 엄연한 현실이라고 봐야 했다. 게다가 구승재는 언눈이 하수정일지도 모른다는 생각까지 한 것 같았다.

질문은 다시 처음으로 돌아왔다.

하수정은 왜 우리 학교에 나타난 것일까?

그 질문에 대한 답을 우리는 이제 어느 정도 알아냈다. 하수정은 전하고 싶은 말이 있어서 왔고, 나와 친구들은 그것을 인신매매라고 읽었다. 다만 하수정은 위급한 환자가 되어 병원으로 실려 가기 전에 담임을 만나러 간다며 나갔다. 사실인지 아닌지 불분명한 것은 담임을 만났는지 여부이며, 만약 진짜 만났다면 어떤 담임을 만났냐는 것이었다.

퍼즐이 살아 움직이는 느낌이었다. 나는 아직 퍼즐을 찾아 정확하게 맞추는 사람은 아니지만, 그 조각들이 자기 자리를 찾기 위해 움직이는 상황을 지켜보고 있는 사람이었다. 그리고 그 상황은 뭔가 희망적이지만 불안하면서도 불길한 느낌이 더 강했다.

그때 아빠로부터 전화가 걸려왔다. 구승재와 통화를 했다고 했다. "너희 아빠, 해외에서 계속 사셨다며? 그런 사람이 국내 상황에 대해 뭘 알아?"라고 하면서 아빠 말을 듣지 말고 자기 말을 들어야 하는 것처럼 궤변을 늘어놓았던 구승재였다. 그 순간 아빠가 구승재에게 무시당한 것은 아닐까 하는 생각이 들었다.

"너희 담임이 어디 밖에 있는 것 같았어. 시끄러워서 그런지 도무지 대화가 안 되더라. 그래서 내일 다시 전화한다고 했어."

나는 아니라고 하면서 울컥 신경질을 냈다. 사실 구승재는 학부모 전화를 안 받는 것으로 유명했다. 받을 수가 없는 상태라는 걸 잘 알고 있기 때문이다.

'문자만 가능.'

구승재의 카톡 상태 메시지 문구였다. 오늘은 국제전화여서 받았나 했더니 결국 그렇게 된 모양이었다. 생각해 보면 그 또한 음흉한 속셈이 아닐 수 없었다. 전화를 받기는 받았으나 자신의 상태가 청각의 문제가 아니라 주변 환경의 문제인 것처럼 슬쩍 위장해 버렸기 때문이다. 몇 년을 그런 식으로 버티며 살아남았다고 생각하니 안 됐다는 마음이 들 수도 있었지만 그 일을 매일 겪고 사는 나로서는 도저히 그런 마음이 생기지 않았다. 이 일은 한 개인의 문제가 아니었다.

"아빠, 시끄러워서 못 듣는 게 아니라고 미리 말했잖아."

나는 방금 전 메시지에 적었던 내용을 아빠에게 다시 환기시켰다. 우리 담임이 말귀를 잘 못 알아듣는다고 하면서 '그러니까 제, 딸, 도, 은, 경, 은, 인, 문, 계, 고, 등, 학, 교, 에, 갈, 겁, 니, 다'라는 말만 계속 반복하면 된다고 했던 것이다. 하지만 그것만으로는 충분하지 않으니까 전화를 끊은 뒤에는 반드시 톡으로 같은 내용의 메시지를 남겨야 한다는 말도 덧붙였다. 아빠는 설마설마했던 것 같았다.

"세상에 뭐 이런 일이 다 있니? 이거 실화야?"

아빠는 같은 한탄을 여러 번 반복했다.

잠시 후 아빠에게서 다시 메시지가 왔다. 톡으로도 내용 남겼으니 이젠 걱정 안 해도 될 것 같다는 말이었다. 나는 혹시 모르니까 아빠가 담임에게 보낸 메시지를 캡처해 달라고 부탁해 그것을 저장해 두었다.

하루가 온통 구승재로 시작해 구승재로 끝난 것 같았다.

다행한 일은 오늘 하수정의 얼굴을 볼 수 있었다는 것이다.

이인선 언니를 따라 병원에 갔을 때만 해도 아무런 기대도 하지 않았다. 이인선 언니는 늘 기대감 없이 병원에 드나드는 것 같았다. 만날 수도 없고 볼 수도 없지만 하수정의 가족을 대신해 중환자실 앞에서 잠깐 서성이다 집으로 돌아오고 나면 마음의 위로가 되고 왠지 모르게 하수정을 만난 것 같은 느낌이 들어 좋았다고 했다. 오늘 우리가 기대한 것도 딱 그 정도였을 뿐 더 이상은 아니었다.

"학생들, 무슨 일이에요?"

교복 입은 아이들이 중환자실 앞에 우르르 몰려 있는 모습을 본 한 간호사가 우리를 불러 세우기에 곧 끌려나가겠구나 싶었는데 오히려 전화위복의 계기가 되었다. 사정을 설명했더니 간호사는 우리의 마음에 공감을 해주며 방법을 알아봐 주었다. 잠시 후 전해 온 기적적인 소식은 오후 6시에 환자의 보호자가 병원을 방문할 것이니 원한다면 함께 면회할 수 있도록 주선해 보겠다는 것이었다. 보호자는 말할 것도 없이 하수정의 엄마일 거라는 생각에 내 심장이 덜컥 내려앉았으나 그렇지 않았다.

"오늘 오시는 분은 하수정 환자 외삼촌이에요."

하수정 엄마는 돈 버느라 바빠서 새벽 시간에 잠깐 들러 간호사만 만나고 가기 일쑤라고 했다. 외삼촌은 택시 운전기사여서 교대시간에 엄마 대신 두어 번 온 적이 있는 것 같았다. 병실로 들어가기 전 간호사의 안내에 따라 몸에는 비닐 가운을 걸치고 비닐 모자와 비닐 신발도 착용했다. 우리가 어디에, 왜 왔는지 실감하게 된 순간이었다.

그리고 드디어 하수정의 얼굴을 보게 되었다.

"오늘은 웃는 것 같네."

하수정 외삼촌이 가만히 들려준 말이었다. 듣기 좋으라고 한 말인 줄은 알았지만 도저히 고개를 끄덕일 용기는 나지 않았다. 하수정의 모습은 말 그대로 참혹했다. 얼굴과 머리에 압박 붕대가 감겨 있어 얼굴을 봤다고 해야 할지 붕대를 봤다고 해야 할지 헷갈릴 정도였다. 7층에서 떨어졌는데 어떻게 살았는지에 대한 의문도 풀렸다. 하수정이 떨어지는 순간 그 밑의 가게 앞에 마대로 포장 씌운 용달이 세워져 있었는데, 하수정은 그 위로 떨어졌다가 튕겨져 길바닥으로 널브러졌다고 했다. 나는 내 앞에 누워 있는 사람이 하수정이라고 확신할 수조차 없었다. 이전의 모습에 비해 키가 컸고 몸집도 달라져 있어 얼마든지 다른 사람이라고 착각할 수 있었다. 그나마 하수정의 도톰하고 또렷한 코가 이 사람이 하수정이 맞을지도 모른다는 생각을 잠깐 불러일으켰다. 나와는 달리 손화정은 하수정을 보자마자 손을 쥐면서 어깨를 들썩였다. 하수정의 몸에서 유일하게 무사한 왼손이었다. 하수정의 오른팔과 다리 하나는 부러져 석

고붕대로 고정된 상태였다.

"수정 언니, 수정 언니……."

손화정이 참을 수 없다는 듯이 울먹였다. 침대에 누운 사람이 하수정이 틀림없다고 보증하는 것 같아 내 마음에도 그 사람이 하수정이라는 사실이 굳어졌다.

"친구들이 와서 기분 좋은가 보다."

외삼촌의 말에 공감을 표하면서 간호사가 들려준 말이었다. 성한 곳이라고는 왼손과 콧등 정도였지만 한 걸음 물러서서 보니까 하수정의 표정은 말갛고 잔잔했다. 어떻게 된 일인지는 알수 없지만 지금 이 순간의 하수정은 그 어떤 긴장감도 놓아버린 표정이었다.

밖으로 나왔을 때 하수정 외삼촌은 병실에서 했던 말을 한번 더 반복했다.

"지난번에는 보기 안쓰러울 정도였는데, 오늘은 수정이 얼굴이 좋아진 것 같아 마음이 좀 놓이네. 수정이 친구들, 정말 고마워요."

그러면서 저녁 먹고 집에 들어가라며 3만 원을 주었다. 돈을 보태지는 못할망정 받는 것이 너무 미안했지만 간호사 언니가 옆에서 받으라며 눈치를 주어 할 수 없이 받았다. 그렇다고 해서 그것으로 저녁을 먹겠다는 생각은 아무도 하지 않았다.

"다음에 또 면회할 수 있을까요?"

그렇게 물었더니 하수정 외삼촌이 이인선 언니의 전화번호를 받아갔다. 면회 오는 날 연락할 수 있으면 하겠다고 했다. 내가 누군지 굳이 밝힐 필요가 없었다는 사실에 안도하며 보낸 하루였다.

감 잡기

"네 이년!"

할머니가 방문을 열고 사극 어투로 호통을 쳤다. 조선시대에 최말단 아랫것에게 내리는 대왕대비마마의 불벼락 같은 말투였다. 대왕대비마마의 손에는 빗자루가 들려 있었고, 얼굴은 붉으락푸르락 난리였다. 나는 얼른 내 방으로 도망친 뒤 방문을 잠갔다. 머리로는 오늘 나의 행적을 빠르게 검토하며 스캔하기 시작했다. 하지만 시간을 오래 거스를 것도 없었다. 방금 전에 화장실에서 큰 볼일을 보고 나온 지 5분이 되었을까 말까였다. 아뿔싸!

"문 열어! 당장 문 못 여나?"

방문 밖에서 손잡이를 잡아 흔드는 할머니의 기세가 예사롭지 않았다. 70대 노인이라고는 도저히 생각되지 않았다. 네 이년과 천하의 나쁜 년이라는 욕이 열 번도 넘게 들렸다. 문이 부서지는 한이 있어도 열 수는 없었다.

요즘 할머니가 내게 자주 하는 말은 '감'이었다. 할머니가 이 말을 하게 된 데에는 아빠의 입김이 크게 작용했다. 똥을 누고 나면 이것이 막힐 물건인지 아닌지 뻔히 알 텐데 왜 모르는 척, 무슨 염치로 물이 다 내려가기도 전에 나 몰라라 네 방으로 뛰어들어 가느냐는 게 할머니 레퍼토리의 요지였다. 그러고 나면 그 뒷감당은 늙고 힘없는 할머니가 감당해야 하니 잔소리가 당연한 것은 알지만 내가 일부러 그러는 것도 아닌데 정말 너무한다는 생각이 들었다. 특히 그 감에 대해서는 동의하기 어려웠다. 아빠와 할머니가 감을 언급하는 이유를 알면 누구나 기절하지 않을까 싶었다.

"감이 오면 그 즉시 손을 써야 한다."

아빠가 권장한 대안이었다. 그 대안을 위해 우리 집 화장실 구석에는 기다란 쇠꼬챙이가 세워져 있다. 너무 가늘어서 언뜻 보면 벽면 타일에 녹색 때가 끼었나 싶을 정도로 티가 나지는 않는다. 멀리서 원격조종한 아빠에 의해 할머니가 철물점에서 구해다 놓은 것인데, 두 사람은 나더러 감이 왔을 때 쇠꼬챙이로 딱딱한 그것을 쿡쿡 찌르라고 했다. 그러면 변기 막힐 일은 없다는 것이었다. 아빠는 전화를 걸 때면 자꾸만 디테일하게 상황을 설명하려고 했고, 할머니는 내 앞에서 직접 보여 주려고 했다.

"어떻게 해야 하는지 당장 와서 안 보나?"

할머니는 작아서 거의 형체도 알아보기 힘든 자신의 똥을 가지고 시범까지 보이려고 했다. 우웩! 우웨엑!

이것이 조손가정의 전형적인 모습이 아니라는 것은 알고 있다. 변비가 모든 소녀의 고민거리가 아니듯이 말이다. 할머니 말대로 내가 감만 잡으면 바로 해결될 문제인지도 모르겠다. 그런데 오늘도 나는 별다른 감을 느끼지 못했다. 어제와 다르지 않았기 때문이다. 내 감은 매일 똑같았다. 날마다 아프고 힘들게 용을 써야 했다. 그러니 덮어놓고 번번이 쿡쿡 찌른다면 몰라도 아빠가 제안한 감이라는 것은 변기를 덜 막히게 하는 대안이 되지 못했다.

그때 비상 키에 의해 방문이 열리고 대왕대비마마가 내 코앞에 대고 빗자루를 흔들어댔다.

"내가 오늘은 너를 똥통에 처박아 버려야 분이 풀리겠다."

그러면서 시작된 추격전을 피해 나는 옥상으로 올라와 숨었다. 이상한 건 할머니는 아무리 화가 나도 옥상까지 따라 올라오지는 않는다는 점이다. 몇 개의 계단 때문은 아니었다. 나를 추격하는 것 때문이 아니더라도 할머니가 옥상에 올라오는 일은 많았다. 빨래도 집에서 널면 되는데 꼭 옥상까지 올라와 탈탈 털어 햇볕에 말리는 것이 우리 할머니의 해묵은 습관이었다. 오늘은 날씨가 좀 서늘했다. 오래 못 버틸 것 같았다.

"아, 어쩌지?"

누구는 그럴 바에는 집으로 내려가 뚫어뻥으로 변기를 쑤셔보는 게 낫지 않겠느냐고 할지도 모르지만 그건 우리 할머니를 전혀 모르고 하시는 말씀이다. 할머니는 변기가 뚫려도 잔소리를 멈추지 않는다. 수제 요구르트를 먹었냐고 물어볼 것이고, 그것을 먹지 않아서 생긴 일이라는 것을 알고 나면 꿈자리에서까지 따라와 나를 괴롭힌다. 그렇다. 어제와 그제 이틀간 수제 요구르트 먹는 일을 까먹었다. 그럴 수밖에 없는 것이 집에 있는 시간보다 바깥에 있는 시간이 더 많았기 때문이다. 오늘은 그야말로 내가 똥통에 빠진 날이다.

다행히 휴대폰이 주머니에 들어 있어 이나리에게 연락해 하소연을 시작했다. 변기가 막혔다는 이야기는 하지 않고 옥상으로 쫓겨났다고만 했는데도 이나리는 눈치를 챘다.

"너 수제 요구르트 또 안 먹었구나."

"응."

"막혔어?"

"응."

"으이그."

오늘은 옥상이 조금 춥다고 했더니 이나리가 "카페로 나올래?"라고 물었다. 이전에는 자기 집으로 오라는 이야기를 안 해서 서운했지만, 이제는 사정을 알아서 그런지 전혀 서운하지 않았다. 생각해 보니 전화를 걸면 늘 받아주었다. 지금은 그것이 고맙고 안심이 되었다.

카페에는 나가지 않았다. 시간이 늦기도 했지만 슬리퍼를, 그것도 짝짝이를 끌고 나왔기에 나가고 싶어도 나갈 수가 없었다. 잠시 후 이나리에 의해 손화정과 이인선 언니까지 참여한 임시 단톡방이 차려졌다. 옥상에 갇힌 나를 위해서라지만 단톡방 이름은 인신매매였다.

💬 은경아, 옥상으로 쫓겨났다고? 불쌍해서 어쩌냐.

이인선 언니까지 위로에 나서니 마음이 조금은 풀리고 가라앉았다. 그때 손화정이 새로운 액션을 취하듯이 잠깐만, 하고 주의를 집중시켰다.

💬 내가 인신매매에 관해 검색해 봤거든.

검색한 것은 단어만이 아니었다. 손화정은 인신매매의 역사와 기원 같은 말까지 했고, 그것들을 대충 훑어보고 나자 매우 심란해진 것 같았다. 그리고 심각한 그 마음을 이인선 언니와 개인 통화로 나누면서 뭔가 가닥을 잡은 것 같아 우리를 부른 것이었다. 이를테면 나 때문에 인신매매라는 단톡방이 만들어진 것은 아니었다.

손화정의 메시지는 이렇게 시작되었다.

💬 여자들은 오래전부터 인신매매의 대상이었어. 처음부터 팔아먹기 위해 납치를 하는 거지. 여자는 돈이 되는 물건이었던 거야.

💬 왜? 무슨 목적으로?

그렇게 질문한 사람은 이나리였다. 목적이라는 단어 때문에 잠시 혼란이 이어졌다. 돈이 목적이라는 것은 너무 단순한 대답이라고 손화정이 말했다. 여자가 돈이 되는 물건으로 취급되었다면 돈으로 거래 가능한 용도가 있었을 거라는 이야기였다.

💬 지금 그걸 몰라서 묻는 건 아니지?

손화정의 일갈이었다.

💬 모르겠는데?

난 정말 모르겠어서 모른다고 말할 수밖에 없었다. 조금 추웠던 상황이 머리 회전을 더디게 만든 것도 원인이라면 원인이었다. 손화정이 왠지 모르게 버럭버럭할 것 같은 분위기였으나 이나리는 물론 이인선 언니까지 모르겠다고 하자 손화정은 온천수가 펄펄 끓는 이모티콘을 연거푸 세 개나 띄웠다.

💬 성적인 착취, 그게 목적인 거잖아.

남성이 함부로, 마음대로 다룰 여자를 사고파는 세상의 하늘은 어떤 빛깔이었을까? 손화정은 먼 나라 이야기가 아니라고 했다. 최근 어느 난민촌 뉴스에서 부모가 아홉 살 난 딸을 노인 남성에게 '여자'로 팔아먹은 것과 같은 일들이 우리나라에서도 있었다고 한다. 일제강점기 때는 아버지나 오빠가 10대 여자아이를 사고파는 일이 흔하게 있었다는 것이다. 가족이고 동생이며 자식인 여자아이를 팔아먹었다는 게 도무지 믿기지 않았다. 이유가 뭐냐고 물었더니 다른 가족이 먹고살 돈을 마련하기 위해서라는 것이었다.

💬 배가 고프면 차라리 잡아먹어 버리지.

손화정이 띄운 그 구절에는 어떤 이모티콘도 붙어 있지 않았다. 얼굴이나 표정이 보이지 않는 메시지 대화인데도 나는 체인을 휘두르는 손화정의 이미지에 다시 압도되는 느낌이었다. 성격도 강하고 집중력도 있지만 필요하다면 깊이 파고드는 공부까지 마다하지 않는 손화정. 그 모든 것이 하수정에 대한 지극한 마음에서 비롯되었다고 생각하면 코끝이 아릿해졌다. 하수정이라는 이름에는 우정이라는 의자가 놓여 있다. 어떤 의미에서 나 역시 그 의자에 앉아보기를 원했지만 초기 단계에서 어긋나고 비틀어졌다. 그럴 마음이 있었는데도 우리의 우정은 시작도 못 한 채 끝이 났다.

손화정은 이렇게 말한 적이 있었다.

"내게는 언니가 나를 초대한 반지하방이 바로 엄마 같은 거였어. 지금의 나는 그 안에서 태어났어."

가난하다는 이유로 가족이 자신들의 피붙이를 성 노예로 팔아넘기는 일이 있는 반면, 가족도 아닌 사람을 구하려고 애를 태우며 전전긍긍하는 손화정. '하수정에게 얼마나 따뜻한 마음을 받았길래 저토록 간절한 것일까?' 하는 생각이 밀려왔다. 손화정은 하수정이 죽는다면 자신에게 베풀었던 그 마음도 이 세상에서 사라지고 마는 것이라고 했다. 손화정이 참을 수 없어 하는 것은 그것이었다.

💬 인신매매를 당한 소녀들과 공통점이 있어.

손화정의 글이었다.

💬 누구? 하수정 언니?

💬 우리들 역시.

💬 응?

💬 가난하고 약하다는 거야.

손화정은 인신매매에 관해서만 검색해 본 게 아니었다. 두성 미래선도고등학교에 원서를 낸 아이들 모두를 만나 물어본 결과는 충격이었다고 털어놓았다. 한 명만 빼고 모두 결손가정 출신이었다. 그 순간 '우리 반 정명희는?' 하는 궁금증이 생겨 물었더니 이하 동문이라는 답이 돌아왔다.

이인선 언니가 받았다.

💬 우리 정신 바짝 차리고 살자. 나도 모르게 어딘가로 팔려갈 수도 있으니까.

그때 아빠로부터 메시지가 왔다. 한성 아저씨가 변기를 뚫었으니 그만 집으로 들어가라는 내용이었다. 그렇다고 잘 되었다며 바로 집으로 들어가기에는 걱정도 되고 자존심도 상했다. 괜히 단톡방에다 어째야 하느냐고 물었더니 대다수의 의견이 얼른 들어가서 몇 대 맞고 끝내라는 것이었다.

할 수 없이 터덜거리며 계단을 내려가는데 불현듯 어떤 생각이 뇌리를 스치고 지나갔다.

'만약 하수정이 누군가의 인신매매 위협에 쫓기다가 옥상으로 도망간 것이라면?'

나는 집으로 들어가기 전에 곧바로 단톡방에다 그 생각을 적어 보냈다.

💬 쥐도 도망갈 데를 보고 쫓는다는 말 들어봤어? 우리 할머니

는 내가 옥상으로 도망치면 절대로 잡으러 안 오거든.

그것이 인신매매범과 우리 할머니의 차이인 것 같다고 말했다. 모두가 이런저런 이모티콘을 쏘아 올렸다. 나도 모르게 이야기가 다시 원점으로 돌아간 것 같았다. 하수정이 구조를 요청한 것인지, 아니면 구승재의 강요에 못 이겨 두성미래선도고등학교에 입학할지도 모를 후배들을 걱정하고 있는 것인지 갈피를 잡을 수 없었다.

하얀 꽃

할머니가 물었다.

"너 6만 원어치 벌설래, 아니면 심부름할래?"

처음에는 아동학대라며 반발했으나 할머니와의 거래는 성사되고 말았다. 심부름이 단발에 끝나지 않고 종합세트처럼 복잡해서 억울했지만, 벌서는 것보다는 백번 나았고 수제 요구르트를 먹지 않았다는 책임도 감안하지 않을 수 없었다. 속으로는 '어른만 되어 봐라.'라며 이를 갈았다. 어른이 된다고 변비 문제가 저절로 해결되지는 않겠지만 최소한 죄책감은 덜 수 있을 것 같았다. 나는 어른이 되면 변비가 죄가 되지 않는 세상을 반드시 찾아내고 말리라는 다짐을 했다.

먼저 할머니가 지정해준 동네 잡화점으로 가서 국산 도토리 가루를 샀다. 봄에는 고추 모종이나 화초의 거름을 팔고, 여름에는 과일이나 채소, 가을과 겨울에는 대추와 밤, 도토리 가루며 홍시, 심지어는 옷까지 파는 정체불명의 가게였다. 주인은 우리 할머니처럼 등이 꼬부라진 노인이었다.

할머니는 그 가루로 도토리묵을 끓여 중간 정도 크기의 플라스틱 통에 부어 식힌 다음 나에게 두 번째 미션을 제시했다.

"버스 타고 다섯 정거장 가서 내린 다음 9번 마을버스로 갈아타고 종점까지 가면 가까운 곳에 홍콩이라는 중국집이 있는데, 그 어디 빨간 대문집을 찾으면 된다. 대문은 늘 열려 있으니까 김숙자 할머니, 하고 부르면서 곧장 들어가면 돼."

그게 끝이 아니었다. 도토리묵을 그냥 전하고 오면 안 되고, 묵을 잘라 미리 준비해 간 간장과 함께 상을 차려드린 다음에 그 집을 나오는 것까지가 미션이었다. 출발하기 전에 다시 한 번 확인까지 마쳤는데 그 동네에 도착하자마자 문제가 생겼다. 홍콩이라는 중국집은 쉽게 찾았지만 아무리 눈을 씻고 봐도 빨간 대문집이 보이지 않았다. 잠시 잠깐 내가 색맹인 건가, 의심해야 했다. 슈퍼에 들어가 물어보아도 모른다고 하고 부동산으로 들어가 물어보면 주소를 알아야 한다는 것이었다. 집에서 적어온 번호로 전화를 걸면 김숙자 할머니가 받기는 했지만 자기 집이 어디쯤인지 도무지 설명하지 못했다. 몸이 불편해서 골목으로 나와 볼 수도 없는 상황이었다. 우리 할머니 역시 가본 적 없는 동네였고 그 집 아들이 불러주는 대로 기억해 나에게 적어주었으므로 그 이상 설명할 말이 있는 것도 아니었다. 김숙자 할머니는 우리 할머니의 시골 친구다. 눈 쌓인 겨울날 동치미에 군고구마를 까먹으면서 하루 종일 마주 앉아 민화투를 치던 사이라고 했다. 그런 김숙자 할머니가 최근 고관절을 다쳐 서울 아들집에 와 있지만 아들 부부가 모두 맞벌이를 하는 바람에 낮에는 혼자 누워 천정만 바라보며 시름에 잠겨 있다고 했다. 두 할머니는 노상 전화통화를 하는데, 어제는 김숙자 할머니가 죽기 전에 도토리묵이나 실컷 먹어봤으면 좋겠다고 해서 할머니가 하루 종일 우울해하며 눈물을 쏟다가 변기를 막히게 한 손녀를 구박하면서 화풀이하는 대신 도토리묵을 만들기로 작정한 것이었다. 김숙자 할머니의 소원에는 나의 할머니가 할 수 있는 일이 있었고 할 수 없는 일이 있었다. 할머니가 도저히 할 수 없는 일을 나에게 벌 대신 시켰다고 아빠에게 일러바치자 아빠는 그건 좋은 일이라고 하며 할머니가 시대에 맞게 진화해 가는 거라고 추켜세웠다. 그래서 묵이 담긴 분홍색 플라스틱 통을 들고 집을 나서기는 했는데 김숙자 할머니가 사는 집을 찾을 수 없으니 난감하기만 했다. 너무 지친 나머지 동그란 분홍색 통을 안고 무너진 담벼락에 앉아 있다가 인신매매 단톡방에 내 처지를 하소연했는데, 거기서 뜻밖의 이야기를 들었다.

"거기 용화산 꽃선녀네 집 근처 아니야?"

이나리가 말하고 손화정이 인정해서 산 쪽으로 더 올라갔더니 과연 작은 암자가 나왔고, 모퉁이를 돌아 계곡 쪽으로 내려가자 외떨어진 곳에 집 한 채가 나타났다. 혼자여서 좀 꺼려지기는 했지만 어렵게 용기를 내 문을 두드려 꽃선녀를 만날 수 있었다. 나보다 꽃선녀가 더 반가워했다. 나를 안고 깡충깡충 뛰는 것을 보면 여지없이 내 또래 소녀였다.

"나 잠깐 쉬는 시간이야. 안으로 들어와."

꽃선녀가 제안했지만 심부름에 오차가 생기면 할머니로부터 어떤 보복을 당할지 몰라 안 된다고 거절했다. 나는 내가 심부름 온 이유를 자세히 설명하면서 묵이 담긴 플라스틱 통과 간장병까지 보여 주었다. 그런데 꽃선녀의 반응이 예상과 달랐다.

"맛있겠다. 조금만 먹어보면 안 돼?"

"아, 그게……."

여간 곤란한 게 아니었다. 플라스틱 통에 뜨거운 묵을 부어 식힌 참이라 조금만 잘라 먹어도 확연히 티가 날 상황이었다. 김숙자 할머니가 그것을 간과할 것 같지 않았다. 꽃선녀는 사정을 아무리 설명해도 포기하지 않았다. 자신의 일상에는 묵을 만들고 식힐 일도 없으며 이런 심부름으로 알지 못하는 동네를 배회할 기회도 생기지 않는다면서 진심으로 내가 부럽다는 어이없는 말을 남발했다. 머리에 꽂혀 있던 하얀 꽃을 만지작거리면서 제발 소원이라고 애원하는데 마음이 흔들리지 않을 수 없었다.

방법은 딱 하나였다.

"김숙자 할머니를 만나 묵을 드실 수 있도록 상을 차려 드리고 우리도 조금 얻어먹자."

그렇게 해서 꽃선녀와 함께 빨간 대문집을 찾아 나섰고 20여 분을 헤맨 끝에 김숙자 할머니를 만날 수 있었다. 내가 할머니 집을 찾을 수 없었던 이유는 대문의 색깔 때문이었다. 처음 칠을 할 때는 빨간색이었는지 몰라도 지금은 명백히 녹색이었다. 그린의 그 녹색이 아니라 녹물에 찌든 녹 색깔 말이다. 어쨌거나 나는 묵을 삼분의 일가량 썰어 김숙자 할머니에게 상을 차려 드렸고, 꽃선녀도 재빨리 자신의 소원성취에 나섰다. 묵 한 조각을 간장에 찍어 입에 넣고는 맛을 음미하기라도 하듯 눈까지 감았다.

"와, 맛있다. 묵이 이렇게 맛있는 음식이었어?"

꽃선녀는 소원성취에서 끝내지 않았다. 난데없이 재채기를 심하게 하고 부르르 몸을 떨더니 김숙자 할머니를 위해 차린 상 앞에 퍼질러 앉아 스트레스를 풀 듯 묵을 먹어댔다. 자기 몫의 묵을 빼앗겼으나 김숙자 할머니는 개의치 않았다. '실컷'이 아니라 그저 맛을 본 정도에서 만족하는 게 아닌가 싶을 정도로 꽃선녀가 허겁지겁 먹는 것을 웃으면서 지켜보는 것이었다. 묵 쟁반은 순식간에 동이 났다. 더 먹자고 할까 봐 신경 쓰였으나 다행히 꽃선녀는 잘 먹었다고 하면서 상에서 물러났다. 나는 쟁반에다 묵을 조금 더 썰어 김숙자 할머니 앞으로 가져다 놓았다. 김숙자 할머니는 감격스럽다며 눈물을 흘리더니 묵 쟁반을 앞에 놓은 상태로 나의 할머니에게 전화를 걸었다.

"이젠 죽어도 여한이 없네. 동무야, 너무 고맙다, 고마워⋯⋯."

딱 봐도 전화통화가 길어질 것 같은 분위기였다. 두 할머니는 했던 이야기를 하고 또 할 태세였다. 나는 나머지 묵이 담긴 분홍색 플라스틱 통을 그 집 베란다에 놓아두고 김숙자 할머니 집을 나와 꽃선녀와 함께 동네를 걸었다. 가을 단풍이 화려하지는 않아도 왠지 모르게 기분을 띄웠다. 친구와 함께여서 한적한 그 시간이 편안하고 좋게 느껴지는 것 같았다. 자연스럽게 최근 인신매매라는 카페 활동에 관해 소개했더니 꽃선녀가 자기도 초대해 달라고 해서 상의도 하지 않고 장난삼아 초대했다. 결과는 대환영이었다. 모두 한마음으로 반기니 기분이 여간 뿌

듯하지 않았다. 새로운 멤버가 들어오자 토론 분위기도 달라졌다. 꽃선녀는 자신의 능력을 총동원해 인신매매범에게 철퇴를 날리고 말겠다며 각오를 단단히 밝혔다.

"흥분은 그만하고 머리부터 쓰자."

역시나 우리의 히어로 손화정의 제안이었다. 하지만 타이밍이 적절하지 않았다. 손화정과 이인선 언니는 아르바이트 중이었다. 할 수 없이 저녁에 다시 만나 톡을 하자며 흩어졌고, 그렇게 단톡방에서 나오고 나니 꽃선녀와 나만 남았다. 꽃선녀가 칼국수를 먹자고 해서 우리는 인근 식당으로 들어갔다.

"배 안 불러?"

도저히 칼국수가 당기지 않았던 나는 궁여지책으로 보리밥을 시켰다. 그 식당 메뉴에는 팥칼국수 아니면 들깨칼국수뿐이었다. 나는 바지락칼국수 말고는 먹어본 적이 없었다. 꽃선녀는 들깨칼국수를 시켜 맛있게 먹었으나 나는 보리밥이 넘어가지 않아 연신 물만 들이켰다. 식사가 거의 끝나갈 즈음 꽃선녀의 휴대폰으로 전화가 왔다.

"그래요? 아이 참…… 할 수 없네. 곧 들어갈게요."

손님이 왔다고 했다.

"또 누군가 죽은 자를 끌고 온 모양이야. 아니면 죽은 자에게 끌려 여기까지 쫓겨왔거나."

냉수 한 컵을 다 들이키고 나더니 꽃선녀의 표정이 비장해졌다. 그 방면의 전문가다운 자세였고, 어떻게 보면 백만 대군을 앞세우고 싸움터로 향하는 전사 같았다. 꽃선녀는 음식값을 계산하고 밖으로 나오자마자 머리에 꽂고 있던 꽃을 뽑아 나에게 건넸다.

"이거 너 가져."

"으응?"

놀라 뒷걸음질하는 내게 꽃선녀가 다가와 따뜻한 손으로 등을 두드려주었다.

"내게는 인생이 없다는 것을 너희를 만나면서 알게 되었어. 나는 앞으로도 너희처럼 살 수 없다는 것을 알아. 내가 할 수 있는 것은 너희를 응원하고 돕는 거야. 그것만이 너희와 같은 세상에서 친구로 살아갈 방법일 테니까."

얼결에 손을 내밀기는 했으나 받아도 되는지 확신이 서지 않았다. 솔직히 꺼림칙했고 의도가 무엇인지 알 수 없었다. 나와는 달리 꽃선녀의 표정에는 나에 대한, 어쩌면 나와 내 친구들에 대한 깊은 신뢰와 무조건적인 애정이 나타나 있었다. 어느새 꽃선녀는 나의 어깨동무가 되어 있었던 것이다. 순간 내가 느낀 것은 지독한 부끄러움이었고, 그것이 내 행동을 바꾸도록 만들었다. 내가 꽃을 건네받자 꽃선녀는 엉성하게 꽃을 쥔 내 손을 자신의 두 손으로 꼭 감쌌다.

"이거면 그 애를 만날 수 있을 거야."

마치 용돈이나 교통비라도 쥐어 주는 것 같았다.

"그 애?"

"죽은 것도 아니고 산 것도 아닌 아이."

그러면서 암자 쪽을 힐끗 쳐다보았다.

"지금도 여기 어디 있는 것 같아."

"응?"

나도 모르게 주변을 두리번거렸다. 잘 꾸며진 암자가 단풍나무들에 감싸인 채 조용히 엎드려 있을 뿐이었다.

"아까 묵 먹을 때 봤어."

"혹시 재채기했을 때?"

"어떻게 알았어?"

"네 표정이 그랬어. 묵을 먹고 싶다고 했을 때와는 반대의 표정이었거든."

"그래, 산 것도 아니고 죽은 것도 아닌 자들한테서는 묘한 냄새가 나. 아까 재채기를 하면서 힘껏 째려봤더니 방에서 나가더라고. 하지만 칼국수 먹을 때 보니까 가게 밖에 서 있었어. 널 따라다니는 것 같아."

"헐……."

겁이 나고 무서웠다. '혹시 우리 집에서도?'라고 생각했을 때에는 소름이 돋았다. 하수정이 나를 따라다니는 게 호의를 뜻할 리 없다는 생각이 들 때마다 나는 습관적으로 '그냥 내 책상을 양보할 걸' 하는 말을 중얼거리곤 했다. 그렇지만 하수정을 만난다면 마음은 꼭 전하고 싶었다. 언니가 원하는 것을 주지 못해 미안했다고, 지금은 후회하고 있다고. 가족이라면 책상도 주고 마음도 주고 때로는 그보다 더 귀중한 것도 나누어야 하는데 그때는 내가 너무 어리고 옹졸해서 미처 그 생각을 못 했다고. 그리고 우리는 언니가 깨어나길 간절히 바라고 있다는 말도 꼭 전하고 싶었다. 그렇게 결심하자 조금은 용기가 났다. 손화정 말마따나 지금 사람이 죽어가고 있는 마당이었다. 어떻게든 살리고 봐야 했다. 하수정을 살리는 것은 나를 살리고 우리를 살리는 일이자 약하고 가난한 모든 여자아이들의 미래를 바꾸는 일이었다. '개인적인 두려움 따위는 개에게나 줘버리자.'

나는 고개를 번쩍 들었다.

"이걸로 어떻게 하수정을 만날 수 있다는 거야?"

"지금 이 순간을 활용해야 해."

"이 순간?"

"해칠 생각은 없는 것 같은데 그 애는 너를 뒤쫓고 있어. 다시 말하지만 할 말이 있는 거라고 봐야 해. 어쩌면 너처럼."

"나처럼?"

"솔직히 너 그 애한테 할 말 있잖아. 안 그래?"

나는 공연히 뒷머리를 긁적거렸다.

"좀 이상한 이야기로 들릴지 모르지만 너희 둘은 대화가 필요해."

꽃선녀는 이 꽃이 그것을 도와줄 거라고 했다. 급한 마음에 그래도 그렇지 언제, 어디서 만나 대화를 나누라는 거냐고 물었더니, "바로 여기, 지금 이 순간"이 언눈과 만날 타이밍이라고 했다. 우리 집이나 집 가까이에서 만나려고 해서도 안 되고, 손화정이나 이나리를 불러서도 안 되며, 자신에게 기대려 하지도 말라고 했다. 오직 나 혼자, 나만이 할 수 있는 일임을 명심하라고 했다.

"여기서 조금만 어두워지기를 기다렸다가 이 꽃을 흔들면서 그 애의 이름을 불러. 그러면 그 애가 나타나 다가올 거야. 대화를 시작하되 절대 말을 시켜서는 안 돼. 그 애한테 말을 시키지 않으면서도 너와 대화할 수 있는 방법을 찾아."

언눈이 말을 해야 할 상황을 만들면 그만큼 스트레스를 받는다는 것이고, 그것은 생사를 넘나드는 환자에게는 에너지 고갈을 초래한다고 했다. 한 마디로 생명이 위태로워진다는 이야기였다. 말없이 대화를 나누라는 말에 겁먹은 나는 어떻게든 꽃선녀를 붙잡기 위해 방법을 알려달라며 매달렸으나 인정사정없는 대답만 돌아왔다.

"역지사지! 너 그거 몰라?"

그러고는 암자 모퉁이를 돌아 손을 흔들며 사라졌다가 잠시 후 다시 나타난 꽃선녀는 이렇게 한 마디를 덧붙였다.

"그 꽃, 오늘 묵값이야. 너무 맛있었어."

할머니에게 친구들과 만나 조금 놀다 들어가겠다고 말하고 암자 근처에서 30분을 기다렸더니 어둠이 밀려오면서 밤이 다가왔다. 꽃선녀가 가르쳐준 대로 하얀 꽃을 가슴 높이로 내밀고 흔들면서 하수정의 이름을 부르면 되는 일이었지만 말처럼 쉽지가 않았다. 이 정도의 어둠을 충분한 어둠이라고 할 수 있을지, 하수정이 나타나면 무서워서 기절하는 것은 아닌지 불분명하고 불확실한 것들이 너무 많았다. 휴대폰 화면을 열어 역지사지라는 단어를 검색해 보았다. 지금처럼 어떻게 해야 할지 모를 때 단어의 뜻이 방향을 제시해 줄 수도 있을 것 같았다. 백과사전에는 역지사지를 이렇게 풀이해 놓았다.

'다른 사람의 처지에서 생각하라는 뜻.'

꽃선녀는 좀 전에 "너 그거 안 돼?"라고 소리쳤다. 역지사지가 마치 대단한 능력이라도 되는 듯한 말투였다. 생각해 보니 능력은 능력이었다. 남의 입장에서 생각해 보는 게 전혀 안 되는 구승재라는 인간을 놓고 볼 때 특히 더 그랬다. 내가 구승재와 다른 인간으로 살려면 역지사지가 되는 사람이어야 한다는 생각이 들었다.

어느새 달이 떴지만 주위가 환해진 것 같지는 않았다. 주택가에서 밀려든 빛과 섞여 시야는 오히려 더 어둡고 혼탁한 느낌이었다. 나는 하얀 꽃을 들여다보았다. 조화라는 사실은 진작 알고 있었다. 아무 데서나 구할 수 없는 고급 종이로 만들어졌지만 내게 안기는 것은 불안감, 그 이상도 이하도 아니었다. 역지사지는 어떻게든 시도해 볼 수 있지만 이 꽃으로 언눈을 부르는 게 가능할 것 같지는 않았다.

아무래도 안 되겠다 싶어 꽃선녀에게 문자를 보냈다.

💬 집으로 가서, 우리 집 근처 공원에서 언눈의 이름을 부르면 안 될까? 좀 추워서 말이야.

곧바로 답이 왔다.

💬 언눈이 너희 집 근처로 따라갈 것 같아?

잠시 후 문자 한 통이 더 왔다.

💬 그냥 거기서 만나. 그게 좋을 것 같아.

알았다고 답을 쓰고 난 뒤 깨달았다. 나는 피하고 싶었고, 피하고 있었다.

'정말 간절해?'

'진심으로 돕고 싶어?'

누군가 그렇게 묻는 것 같았다. 나는 사실 간절했다. 하수정을 만나 진심으로 돕고 싶었고, 무엇보다 꼭 살아야 한다고 말해 주고 싶었다. 변함없는 것은 그 마음뿐이었다. 어쩌면 다른 어떤 이가 하수정을 그런 상황에 빠트린 것일 수도 있었다. 그런데 나는 이 상황을 모면하거나 피하려 하고 있었다. 바보 같고, 비겁하고, 이기적이었다. 문제는 두려움 역시 진심이라는 것이었다. 생각해 보니 초등학교 4학년 때도 그랬다. 하수정이 언니여서 한없이 좋았지만 책상을 바꾸고 싶지는 않았다. 책상보다는 하수정을 더 좋아했는데 책상을 선택하고 말았다.

'마음을 열어 진짜 내 마음이 무엇인지 보여주자.'

나는 암자를 지나 산으로 가는 계단을 오르다가 계단 끝에 이르러서는 등산로로 곧장 따라가지 않고 옆으로 빠졌다. 단풍

나무와 박달나무가 뒤엉켜 있는 곳이었다. 공기가 한층 서늘하게 느껴졌다.

"수정이 언니, 어디 있어요?"

처음에는 목소리가 모기 소리만 하게 나왔다. 그러고는 촉각을 곤두세우고 산의 반응을 기다렸다. 그러나 하수정의 기척은커녕 바람 소리조차 들리지 않았다. 암자 뒤편의 어두운 숲으로 조금 더 들어가 커다란 소나무 옆에 서서 다시 한 번 이름을 불렀다. 이번에는 '수정이 언니!'가 아니라 '하수정!'이라고 불렀다. 멀리서 개 짖는 소리가 한바탕 들리고 난 뒤였다. 놀랍게도 숲에서 부스럭대는 소리가 들렸다. '하수정인가?' 하는 생각과 '누구지?'라는 의문이 두려움과 함께 덮쳐 왔으나 애써 참으면서 그 순간을 견뎠다. 이번에는 다른 방향에서 바스락거리는 소리가 들려 뒤를 돌아보았다. 내가 서 있는 곳보다는 아래인 나무 계단 입구, 암자와 가까운 곳에서 사람의 윤곽이 나타났다. 여학생 교복을 입고 있었다.

"언눈이다!"

그런 소리가 내 입에서 튀어나왔다. 숨이 턱 막히고 주먹을 쥔 손에서는 땀이 났다. 나는 숲에서 벗어나 나무 계단 끝의 맨 위로 올라가 섰다. 가장 먼저 눈에 들어온 것은 언눈의 얼굴이 아니라 교복이었다. 정확하게는 네 개의 불이 켜져 있는 교복 상의의 앞단추였다. 그 불이 여전히 인신매매라는 글자인지는 조금 더 다가가 봐야 알 수 있을 것 같았다. 사실은 눈앞의 그 사람이 하수정인지 아닌지조차 알 수 없어 혼란스러웠다. 나는 하수정의 얼굴을 정확히 기억하고 있지는 않았다. 기억 속의 하수정은 늘 윤곽이 희미했고, 표정도 불분명했으며, 나로부터 달아나기 바빴다. 얼굴을 자세히 볼 수 있다고 하더라도 이전에 내가 알던 그 하수정과 같은 얼굴이라고 단정할 수는 없을 것 같았다. 변하는 것은 마음만이 아니었다. 나는 눈앞의 언눈이 하수정인지 아닌지부터 알고 싶었다.

"하수정…… 언니가 맞아요?"

그러자 언눈이 고개를 끄덕였다. 아무렇게나 늘어뜨린 머리카락이 바람에 조금씩 흩날렸다. 잠시의 침묵이 산처럼 무겁게 느껴졌으나 무엇을 더 물어보아야 할지 알 것 같았다.

"내가 누군지 알아요?"

언눈이 멀리서 또다시 고개를 끄덕였다.

"언니!"

내 몸에서 바람 같은 소리가 빠져나왔다. 가슴이 뭉클해졌다. 하수정 언니가 맞느냐고 물었을 때의 언니가 일반명사라면 방금 전의 언니는 고유명사였다. 나는 나의 가족이었던 사람을 호명한 것이었다. 그 차이를, 그 마음을 하수정은 알고 있는지 궁금했다. 아직 모른다면 알게 하고 싶었다. 내게 가족이라는 것이 얼마나 그립고 소중한 존재인지, 언니가 나의 언니이기를 얼마나 고대하고 바랐었는지…….

"언니…… 수정이 언니……."

그 뒤로 약간의 흥분이 일어나는가 싶더니 걷잡을 수 없어졌다. 친구 하나 없이 지내다가 어느 날 문득 이나리가 다가와 "같이 떡볶이 먹으러 갈래?"라고 물었을 때와 비슷한 종류의 흥분이었다. 그로 인해 잠시 방향을 잃었고 내 본분도 상실한 것 같았다. 정신을 차려야 했지만 방법이 생각나지 않았다.

나는 나무 계단을 열 칸쯤 내려갔다. 인신매매라는 단어가 확연히 눈에 들어온 순간 머리카락들이 일제히 곤두섰다. 인신매매, 바로 그것이었다. 나는 두 계단을 더 내려갔다. 마치 인신매매라는 단추 속 글자를 잡아서 빼내기라도 할 듯 빨간 불빛에 시선을 집중한 채였다. 그리고 천천히 여덟 계단쯤 더 내려갔을 때였다. 언눈이 갑자기 몸을 옆으로 틀면서 뒷걸음질하더니 잠시 후에는 오른손을 들어 손바닥을 펼쳐 보였다. 더 이상

다가오지 말라는 뜻 같아 걸음을 멈추었다.

"여기, 여기 서 있을게요."

다급하게 말한 다음 "가지 마세요"라고 했더니 언눈이 고개를 끄덕이면서 자리를 조금 움직였다. 언눈은 계단 입구에 기둥처럼 솟아 있는 공원 시설물을 한 바퀴 돌아 그 뒤로 가서 몸의 일부를 가린 채 나를 쳐다보았다. 그 바람에 교복 단추의 글자 두 개도 가려져 언뜻 보면 인신매매가 아니라 인매 같았고, 잠시 후 언눈이 몸을 움직이고 난 뒤에는 신매로 읽혔다. 그건 왠지 언눈의 세리머니 같았다. 나를 만나 반갑고 내 마음을 처음부터 알고 있었다는 뜻 같아 위로를 받고 그 덕에 조금 더 용기를 낼 수 있었다.

나는 나의 등을 떠밀었다.

"언니, 미안했어요."

그러자 언눈의 몸이 서서히 시설물에서 떨어져 나와 꼿꼿해졌다. 하지만 잠시 뒤 움직이는 기척도 없이 나무 계단의 첫 번째 칸에 서 있었다. 그리 먼 거리는 아니지만 일종의 순간이동이었다.

"나도 언니처럼 축지법을 써요."

입에서 그런 말이 흘러나와 내 귀를 의심해야 했다. 아마도 순간이동 하는 것을 나한테 들켰지만 '괜찮아요, 무섭지 않아요, 나도 그러는 걸요'라는 뜻으로 말한 것 같다고 나 스스로가 나를 진단했다. 축지법을 쓰는 것은 사실이니 못할 말을 한 것도 아니었다. 나는 정신을 가다듬고 다시 한 번 미안하다고 사과했지만 언눈에게서 다음 반응이 나타나지는 않았다. 사과를 안 받아주는 건가.

그때 떠오른 것이 역지사지였다.

언눈은 지금 인신매매 때문에 나를 만났는데 갑자기 미안하다고 말하면 그게 무슨 소리인지 의아할 수도 있었다. 조금 구구절절해 보이더라도 내가 해야 할 말을 꼭 전하고 싶다면 마음부터 가라앉힐 필요가 있었다.

"초등학교 4학년 그때 말이에요. 저는 언니가 내 언니여서 정말 좋았어요. 너무 흥분해서 잠도 안 올 정도였는데 책상을 바꾸자는 언니의 제안을 왜 받아들이지 않았는지 모르겠어요. 만약 그것 때문에 언니와 아줌마가 우리가 살기로 했던 그 집을 떠날 줄 알았다면 절대 그러지 않았을 거예요. 제가 바보였어요. 지금이라도 사과하고 싶어요."

말을 계속할수록 나도 모르게 내 목소리에 힘이 들어갔다. 정말 하고 싶은 말이었기 때문이다. 이 말을 하지 않고 이 마음을 전달하지 않는다면 어른이 되더라도 코가 비뚤어진 사람이 될 거라고 상상한 적도 있었다. 불가능할 줄 알았던 언니와의 만남이 이렇게라도 가능해졌고 미안하다고 말할 수 있어서 얼마나 다행인가.

멀리서 언눈의 반응이 보였다. 양팔을 앞으로 내민 채 살짝 들어 올린 모습이었고, 어깨도 미세하게 추켜올려져 있다. 그게 무슨 뜻인지 파악하기 위해 나는 아프도록 눈을 부릅떴다.

'맙소사라는 뜻이거나 말도 안 된다는 뜻인가?'

그게 사실인지 확인하려면 언눈의 동의를 얻어야 할 것 같았다. 그것이 우리 사이의 의사소통법이었다.

"맙소사! 말도 안 돼! 그런 뜻인가요?"

언눈이 고개를 끄덕이는 게 보였다. 소통된 것이라고 생각하자 왠지 모를 감동이 밀려왔다. 세계 최초로 귀신의 통역사가 된 느낌으로 주변을 둘러보았더니 거기, 그 장소 역시 내가 사는 그 세상 같지 않았다. 나는 말과 언어를 사용하는 사람이고, 언눈은 교복 앞단추와 손짓 발짓이 표현의 전부였다. 언눈은 말을 잃어버린 사람, 입술이 봉해진 존재인 것이다. 그렇다고 거기가 저승인 것은 아니었다. 이승도 저승도 아닌 곳에 계단이 있는 시공간이 탄생했고, 거기서 나는 내 식대로 말하고 언눈은 언눈 식으로 말하며 대화를 나누고 있다. 모두가 내 손에 쥐어져 있는 하얀 꽃 덕분이었다.

"언니와 아줌마가 그 집을 떠난 이유가 책상 때문이 아니었단 말인가요?"

언눈이 힘차게, 반복해서 고개를 끄덕이자 눈물이 핑 돌았고 다리에서 힘이 빠져나갔다. 계단에 그대로 주저앉을 뻔했으나 마음을 가다듬었다.

"언니의 동생이 되어 함께 살았으면 얼마나 좋았을까. 그런 생각을 하면서 오래 그리워했어요. 보고 싶었어요."

나는 그렇게 말했지만 내 입에서 새어 나온 것은 흐느낌이었다. 하지만 언눈에게 전달되지 않은 것은 아니었다. 언눈은 두 팔을 자기 가슴에 엇갈리게 대고 고개를 오른쪽으로 틀어 약간 숙였다.

나도, 나도 네가 보고 싶었어.

나는 고맙다고 말했다. 충분히 알아들었기 때문이다.

나무들의 어깨동무

나는 나무 계단에 앉아 있었고, 언눈은 난간 너머 숲에서 비스듬하게 나를 바라보고 있었다. 처음에는 나무 사이로 보이는 하늘을 올려다보다가 양팔을 벌려 도취된 자세를 취하기도 해서 언눈이 숲을 무척 좋아하는 것 같다고 막연히 짐작했다. 그러다가 언눈은 손가락으로 하늘을 가리키고 다시 팔을 벌려 보이기를 두 번 반복했다. 뭘 가지고 그러는지 궁금하기도 해서 언눈의 위치에서 하늘을 함께 올려다보려고 다가가기라도 할라치면 오른손을 들어 손바닥을 펼쳐 보이며 여지없이 정지 명령을 내렸다. 언눈이 원하는 자리는 따로 있는 것 같았다. 내가 그 위치에 이르렀을 때 인신매매라는 글자가 선명히 읽혔다.

나는 속으로 가늠해 둔 질문을 하나씩 꺼냈다.

"언니, 혹시 인신매매당했어요?"

잠시 망설였으나 변함없는 주장이라는 듯 언눈이 고개를 끄덕였다.

"어, 어떤 인신매매를 누, 누구한테 당했는데요? 아니, 아니에요. 말하지 마세요. 제가 다시 물어볼게요."

순간적으로 무척 당황하고 말았다. 뭘 물어보아야 할 것인지는 그려보았지만 대답 이후까지 상상하지는 않았기에 그다음 질문은 막힐 수밖에 없었다. 언눈이 고개를 한 번 끄덕였다. 내가 다시 물어볼 때까지 기다리겠다는 뜻 같았다.

"어, 언제요, 언제 인신매매를 당했어요?"

'아, 이것도 잘못된 질문인데⋯⋯' 하는 순간, 언눈이 팔을 벌려 나무 세 그루를 껴안았다. 내가 무슨 뜻인지 몰라 반응하지 않자 나무 하나하나를 손으로 세 번 짚었다. 순간적으로 "삼 일 전에요?"라는 말도 안 되는 질문을 던졌더니 언눈은 아니라며 고개를 가로저었다. 삼 개월이냐고 물어보았을 때도 부정했다. 다시 그러면 삼 년이냐고 묻자 이번에는 언눈이 고개를 힘차게 끄덕였다.

'아⋯⋯ 삼 년이라면 삼 년 전이라는 뜻인가? 언니가 중학교 3학년 때이고 구승재가 담임이었을 때인데, 역시 구승재란 말인

가?'

머릿속으로 생각들이 빠르게 지나갔다.

"언니, 제 담임은 구승재예요. 언니네 담임이었다는 이야기도 들었어요. 얼마 전 구승재가 진학상담실로 저를 불러……."

나는 그동안 구승재와 있었던 일을 차근차근 털어놓았다. 두성으로 진학하라는 요구를 받았고 안 간다고 계속 버티었더니 그냥 원서만 쓰라고 해서 썼다는 이야기를 한 다음 혹시 언니가 말하는 인신매매가 구승재의 이와 같은 강요를 말하는 거냐고 물었다. 부모 중 한 사람만 있는 데다 그 한 사람마저도 먹고 살기에 바빠 따뜻한 난로가 되어주지 못하는 환경, 그 속에서 성장하고 있는 가난하고 불쌍한 소녀들을 자신의 어떤 목적을 위해 이용하는 구승재 같은 사람을 인신매매범이라고 칭한 거냐고 단도직입적으로 물었다.

가슴이 터질 것 같은 긴장을 참으며 기다렸더니 언눈이 고개를 끄덕였다. 양손으로 자신의 얼굴을 감싸 쥐기도 했다. 스트레스를 받았고 많이 슬펐다는 뜻 같았다. 나는 언눈과 진정한 의사소통에 이르게 되었다는 생각을 했다. 슬프지만 뿌듯했고 자꾸만 자신감이 붙는 것을 느꼈다.

"다시는 구승재 같은 사람의 강요에 넘어가지 않을게요. 그것이 언니가 저에게 그리고 손화정과 제 모든 친구에게 하고 싶은 말이라는 것을 알아요. 저희 걱정은 하지 마시고 언니가 다시 건강해져야 한다는 것만 생각하세요. 손화정도 간절히 바라고 있어요. 화정이는 언니를 많이 보고 싶어 하고, 언니를 많이 좋아하는 것 같아요. 그러니까 꼭 나으셔서 우리 곁으로 돌아와야 해요. 알았죠?"

잠시 뒤에는 나에게 하는 다짐처럼 이렇게 말했다.

"가난한 소녀는 자신을 스스로 지켜야 한다는 것을 언니가 교복 앞단추에 인신매매라는 글자를 써서 보여 주어 알게 되었어요. 이제부터는 다른 사람이 저를 물건처럼 거래하도록 내버려 두지 않을 거예요. 친구가 그런 위험에 빠지더라도 가만있지 않겠어요. 제가 저의 주인이 되어 저를 직접 가꾸고 먹여 살리는 사람이 되겠어요. 약속할게요."

고개를 끄덕이는 언눈의 표정이 한결 밝고 가벼워진 것을 알 수 있었다. 내 마음도 덩달아 편안해지는 느낌이었다. 일어나 나무에 기대서 있던 언눈은 몸을 조금씩 움직였다. 나무 한 그루를 껴안았다가 나무들을 쓰다듬으며 작은 공간을 원처럼 한 바퀴 돌기도 했다. 기다란 머리카락이 이것은 결코 꿈이나 환각이 아니라는 듯 휘날렸다.

아직 남아 있는 문제가 있었다. 언눈이 왜 중환자실에 누워 있어야 하는지, 그날 담임을 만나러 갔다는데 어떻게 된 일인지를 알아내야 하는 것이었다.

메마른 입술이 갈라질 것처럼 당기듯 아파 왔다. 두 사람 역할을 하느라 입술이 혹사당하고 있었지만 물을 가지고 오지 않아 참는 것 말고는 다른 방법이 없었다.

그때 질문이 떠올랐다.

"언니는…… 옥상에서 스스로 뛰어내렸어요?"

나무와 나무 사이를 배회하던 언눈이 멈추어 선 채 고개를 가로저었다. 분명히 아니라는 뜻이었다.

"그럼, 누구에게 쫓겨 추락했어요?"

고개를 끄덕이는지 마는지 분명하지 않아서 나는 난간으로 가까이 다가가 다시 같은 질문을 반복했다.

고개를 끄덕이는 것도 아니고 가로젓는 것도 아니었다. 이것도 아니고 저것도 아니라면 대체 무엇이 맞는 것인지 알 수가 없었다. 스스로 뛰어내린 게 아니라면 타의에 의해 떨어졌다는 뜻인데…….

"언니, 그날 패스트푸드점 건물 옥상에는 왜 올라갔어요? 누굴 만나려고 올라간 거예요?"

턱이 덜덜 떨렸다. 옷을 든든하게 입었는데도 추위가 밀려오기 시작했고, 하늘에서 달이 사라지자 마음도 오싹해졌다. 잠시 뒤 언눈은 고개를 가로저었다. 당황이 되어 다시 살폈으나 여전히 고개를 가로젓고 있었다.

'아, 어쩌지? 이제 뭘 어떻게 물어봐야 하지?'

언눈은 대답하는 것에 지친 듯 나무 사이로 드러난 하늘을 올려다보고 있었다. 달도 사라져 희부예진 것이 하늘 같지 않은 하늘이었지만 거기에 뭐라도 있는 것처럼 계속해서 올려다보았고 그러다가 생각난 듯 다시 나를 쳐다보는 것이었다. 안타까운 마음에 내가 서 있는 위치에서 나도 하늘을 올려다보았는데 거기는 계단 위라 하늘이 비교적 훤하게 뚫려 있었다. 가까운 곳에서 바람이 부스럭대며 나뭇가지를 흔들어대는 소리가 들려왔다.

그러던 어느 순간이었다.

내 뒤에서, 그러니까 언눈이 서 있던 곳과는 반대 방향에서 부스럭거리는 소리가 들려 돌아봤으나 눈에 들어온 것은 암자의 흐릿한 기와지붕과 주변을 감싸고 있는 나무들뿐이었다. 시선을 다시 숲으로 돌렸을 때 언눈의 모습은 보이지 않았다.

"언니, 하수정 언니……."

처음 서 있었던 계단 입구를 살폈으나 거기서도 언눈의 모습은 보이지 않았다. 나는 산으로 조금 더 올라갔다가 계단 입구까지 내려가 보는 등 우왕좌왕하다가 10여 분이 지나도 언눈을 찾을 수 없어 계단 중간쯤에 주저앉고 말았다. 숨을 고르고 나자 의논할 데라고는 꽃선녀뿐이라는 생각이 들어 전화를 걸었다.

"만났어?"

"응."

"오!"

"만나긴 했는데 언눈이 갑자기 사라졌어. 가 버렸나 봐. 어떡하지?"

손화정이 알면 무능한 나를 향해 체인을 휘두를지도 모를 일이었다. '넌 참 이기적이야. 네 용건만 끝내고 다른 사람의 마음은 나 몰라라 하는구나.'라고 오해할 것만 같았다. 꽃선녀는 조금 다른 이야기를 했다.

"만난 지 얼마나 되었어?"

"30분? 아니면 40분?"

"이상하네."

꽃선녀가 중얼거렸다.

"그 꽃은 유효기간이 있기는 하지만 아직은 괜찮을 텐데 왜 사라졌을까?"

그러면서 "잠깐만" 하고 말을 멈추었다. 시간을 확인하는 모양이었다. 3분쯤 지나 꽃선녀가 다시 "여보세요"라며 나를 불렀다. 궁금해서 발을 동동거리던 나는 얼른 그것부터 물었다.

"유효기간? 그런 게 있어?"

"당연하지. 세상에 영원한 것이 어디 있다고."

그러면서 조금 이상하다고 했다. 아무리 계산해도 머무를 시간이 더 남아 있었다는 것이었다. 내 머릿속에서는 '불량품인가?' 하는 생각이 스쳐 지나갔다. 우리가 사용하는 전자제품이나 휴대폰 같은 것들도 멀쩡히 잘 작동하다가 불현듯 고장이 나는 것처럼 아무리 영매들이 사용하는 꽃이라고 하더라도 가끔은 성능이 떨어지거나 뜻하지 않은 버그를 경험할 수 있을 것 같았다. 하지만 그런 말을 입 밖으로 뱉을 수는 없었다. 순수한 마음으로 나와 친구들에게 동화되어 도움을 주고 있는 꽃선녀였기에 조금이라도 불쾌감을 주는 행동은 하고 싶지 않았다. 그녀가 만든 신성한 꽃에 불량품이라는 불량한 단어를 붙이는 생각을 하는 내 머리통을 한 대 때리는 게 나았다. 나는 돌려서 묻는 방법을 선택했다.

"혹시 다른 꽃을 줄 수는 없어?"

"안 돼."

"왜?"

그건 너무 위험하다고 했다. 하지만 어떻게 된 일인지 파악하기 위해 자신이 잠시 그곳으로 나오겠다는 것이었다. 나는 고맙다고 말하고 전화를 끊었다. 꽃선녀는 10분쯤 지나 내 앞에 나타났다. 귀에는 나에게 주었던 것과 같은 종류의 꽃을 꽂고 있었다.

"내가 찾아볼게."

꽃선녀는 한참 계단을 오르락내리락하면서 내가 언눈이 앉아 있었다고 주장한 곳들을 꼼꼼하게 살폈다. 암자를 기웃거리다가 나무 계단 맨 꼭대기까지 올라가 보기도 했다. 마지막으로 숲속을 10분가량 헤매고 돌아온 꽃선녀는 칼단발을 차갑게 찰랑거리며 고개를 가로저었다.

나는 허겁지겁 다가갔다.

"없어? 다른 곳으로 갔을까?"

"아니면 일이 생긴 것일 수도 있고."

꽃선녀가 고개를 갸웃거렸다. 나는 더럭 겁이 났다.

"무슨 소리야?"

"오늘은 일단 집에 가서 쉬어. 여기서 더는 기다릴 필요가 없을 것 같아."

꽃선녀는 헤어지면서 나에게 말했다.

"내 친구 은경아, 꽃을 더는 줄 수 없어서 미안해. 하지만 한 번 더 사용하면 그때는 네가 다시는 돌아올 수 없는 곳으로 가 버릴 수도 있어. 내가 널 찾으러 갈 수도 없는 그런 곳 말이야. 뭐가 어떻다는 건지 자세히 묻지는 말아줘. 나는 그냥 위험해진다는 것만 말해 줄 수 있어."

그러면서 내 어깨를 잡아주었다. 이해가 가지는 않았지만 무조건 받아들여야 할 것 같았다. 꽃선녀의 눈에서 내가 읽은 것은 진실한 마음이었기 때문이다. 나는 고맙다고 말한 뒤 집으로 돌아왔다.

그날 두 시간도 지나지 않아 왜 언눈이 사라졌는지 알 수 있는 일이 일어났다. 하수정의 외삼촌이 이인선 언니에게 전화를 걸었고, 이인선 언니는 인신매매 단톡방에 들어와 통화 내용을 어떻게 알려야 할지 모르겠다며 주저하다가 다음과 같은 구절을 전송했다.

💬 얘들아, 수정이가……

그다음 말을 아무도 직접 묻지는 않았지만 무슨 일이 일어났는지 다들 감을 잡고 있었다. 우리는 병원 장례식장에서 다시 만났다.

바람이 실어다 주는 것들

이인선 언니가 담임과 반 친구들에게 하수정의 죽음을 알렸는데도 장례식장으로 찾아온 이는 담임뿐이었다. 그것도 한밤중에 남편과 둘이 와서 무성의하게 절 두 번을 하고 10만 원이 든 돈 봉투를 남기고 갔다고 전해 들었다.

그나마 희망적인 일은 신문에 난 몇몇 기사였다. 한 조간신문은 자살이라고 알려진 하수정 사건에 미심쩍은 점이 많다고 강조하면서, 경찰이 G시의 두성미래선도고등학교가 신입생들을 유치하는 과정에서 제기된 여러 의문점을 조사 중이며 금전거래 여부도 들춰 보고 있다고 밝혔다. 또 인근 도시의 일부 중학교들이 고교입시 과정에서 결손가정 소녀들에게 강제력을 동원했는지의 여부가 주요 관심사로 떠오르고 있다는 점도 지적했다. 다른 신문에서는 하수정을 갈등에 빠지게 했던 동아리 교사 A씨는 동남여자중학교 이사장의 딸로, 부모의 학교에 취업하려다가 경쟁자에게 부적격자로 고발당해 채용이 무산되었으며, 이듬해 두성미래선도고등학교로 자리를 옮겨 채용된 이후 현재까지 근무 중이라고 했다. 아울러 하수정의 중학교 담임 교사였던 K씨는 A씨의 배우자로, 두성미래선도고등학교가 A씨를 채용해 준 대가로 K씨가 결손가정 아이들을 두성미래선도고등학교로 몰아준 것은 아닌지 살펴보고 있다고 밝혔다. 신문은 하수정 학생을 사고 현장으로 불러낸 사람이 다름 아닌 K씨라는 사실이 의혹을 더욱 증폭시키고 있다고 소개했다. 그 기사를 읽고 있는데 온몸에서 소름이 돋았다. 두성과 동남여중이 손을 잡고 서로 은혜를 갚아주는 관계로 파악되었기 때문이다.

'교권침해를 당했다고 펄쩍 뛰더니 겨우 그렇게 얻은 교권이었어?'

우리는 두성고교 도서관 동아리 교사가 구승재의 아내라라는 사실을 전혀 몰랐고 상상해 본 적도 없었다. 이인선 언니 역시 처음 듣는 이야기라며 충격을 받은 눈치였다. 무엇보다 하수정이 구승재를 만나려고 한 게 아니라 구승재가 하수정을 불러냈다는 사실이 우리를 경악하게 했다.

우리는 울고불고하며 분통을 터트리다가 꽃선녀에게 달려갔다. 이틀이 지나면 하수정의 몸은 한 줌의 재로 남을 것이기에 서두를 필요가 있었다. 꽃선녀가 앉으라는 방석에 앉자마자 빨리 하수정이 어떻게 죽었는지 말해 달라고 다투어 부탁했으나 꽃선녀는 죄라도 지은 듯 난감해하며 고개를 가로저었다. 그 과정에서 엎치락뒤치락 한바탕 소동을 겪었다.

"뭐야? 안 보인다는 거야?"

참지 못한 손화정이 소리를 빽 지르자 꽃선녀 역시 참고만 있지 않았다. 얌전하게 가부좌를 틀고 있던 다리를 흐트러뜨리더니 맞고함을 질렀다. 칼단발이 위력적으로 찰랑거렸다.

"이것들아, 사람이 죽었으면 장례를 치러야 할 것 아니야. 그래야 귀신이 되든 뭐가 되든 하지. 이제 막 사람이 죽었는데 삼일장도 치르지 않고 찾아와 나한테 이러면 어떻게 해?"

반드시 하수정이 죽은 이유를 먼저 확인하고 장례식이 치러져야 한다고 생각했지만 아무래도 그것은 불가능해 보였다. 꽃선녀는 장례 기간에는 스크린이 띄워지지 않는다고 말했다. 하수정의 몸이 재가 된다고 해서 진실이 영원히 묻히지는 않는다고 꽃선녀가 위로한 것도 마음을 가라앉힐 수 있던 이유가 되었다.

그렇게 하여 하수정은 옥상에서 스스로 뛰어내렸다는 달갑지 않은 사인을 남긴 채 한 줌의 재가 되어 돌아왔고, 오래전에 죽은 아빠 곁으로 가서 안식을 찾았다.

마침내 삼우제를 치른 다음 날이 되었다.

꽃선녀를 찾아가기로 약속이 되어 있었으나 계획은 연기되었다. 우리 학교에서 생각지도 못한 사건이 터져 텔레비전 뉴스와 SNS를 달구었기 때문이다.

"언눈이다!"

학교 다용도실에서 진행하는 겨울방학식을 각 교실로 생중계하고 있을 때였다. 담임이 부재중이라 대부분의 학생들이 텔레비전 모니터는 보는 둥 마는 둥 하며 딴짓에 몰두하고 있었는데, 뒷자리에서 누군가가 언눈이라고 외쳤고, 그 소리가 아이들의 주의를 집중시켰다. 처음에는 복도나 상담실에 언눈이 나타났다는 뜻인 줄 알고 뒷문을 열고 밖을 내다보는 아이도 있었으나 그렇지는 않았다. 뒷자리에 앉았던 아이가 집중한 채 보고 있던 것은 교실 앞에 설치되어 있는 텔레비전 모니터였고, 거기서 놀랄 만한 광경을 목격했다. 3학년 주임교사이자 우리 반 담임 구승재가 양손을 높이 쳐들고 춤을 추면서 텔레비전 모니터에 나타났다가 사라지고 잠시 뒤 다시 나타나 춤추기를 반복하는 모습이 내 눈에도 보였다. 잡음처럼 악쓰는 소리도 들렸다. 자세히 보니 구승재는 춤을 추고 있는 게 아니었다. 그의 손에는 방학식 식순이 적힌 유인물로 밝혀진 얇은 책자가 쥐어져 있었는데, 그 책자로 말벌이라도 잡는 사람처럼 허공을 때리면서 분주하게 움직이고 있었기에 춤을 추는 것처럼 보인 것이었다. 카메라가 사람의 움직임을 따라갔더라면 무슨 내막인지 쉽게 눈치챌 수 있었겠지만 그게 아니다 보니 사태를 파악하는 데 한참이나 걸렸다. 잠시 후 구승재의 외침이 방송실 카메라를 통해 교실 안을 쩌렁쩌렁 울렸다.

"야! 이 개 같은 년, 죽여 버릴 거야!"

말벌을 쫓고 있는 게 아니라는 사실이 확실해지는 순간이었다. 그러다가 마치 누군가에게 제압당한 것처럼 구승재는 고정된 위치에서 꼼짝도 못 한 채 미친 사람처럼 양팔을 버둥거렸다. 카메라가 흔들리는 모습을 보며 반 아이들이 모두 자리에서 일어났다.

"언눈이야, 언눈이 돌아온 거야."

그때 훈화 말씀을 하던 교장 선생님이 자기 앞가슴을 짚으며 넘어지는 장면이 모니터에 나타났다. 생각해 볼 것도 없었다. 공교롭게도 우리 학교 교장 선생님은 여성이었기에 구승재의 욕설이 자기한테 하는 말인 줄 믿었을 것이다. 사태는 거기서 수습되지 않았다. 이사장의 사위인 구승재가 겨우 몸을 추스르며 일어서는 교장에게 다가가더니 책자를 몽둥이처럼 잡고 교장 선생님 얼굴이며 머리를 미친 듯이 내리쳤다. 언뜻 머리끄덩이를 잡는 모습도 보였다. 두어 명의 선생님들이 달려왔을 무렵에는 쓰러진 교장 선생님 위에 올라타 목을 조르는 상황이 일어났고, 다른 선생님들이 구승재를 쉽게 제압하지 못한 탓에 그 해괴한 광경은 10여 분간 교실로 생중계되었다. 그 와중에 휴대폰을 열어 카메라에 담는 아이들도 있었다.

텔레비전 뉴스와 SNS를 달군 것은 몇몇 아이들이 휴대폰으로 찍은 동영상이었다. 세상은 화질까지 좋은 그 동영상에 관해 이러쿵저러쿵 말들이 많았지만 아이들이 믿는 것은 오직 하나였다. 언눈이 돌아와 구승재를 조종해 함정에 빠트렸다는 것이었다. 몇 달 전까지만 해도 언눈은 구승재의 목을 조르는 게 힘에 부쳤으나 지금은 아니었다. 목조르기 같은 단순한 힘겨루기에서 그치지 않고 던지기, 춤추기, 실언 유도 같은 기술을 자유자재로 구사했다. 자신은 교장 선생님 머리끄덩이를 잡지 않았으며 교장 선생님을 향해 욕을 하지도 않았다는 구승재의 주장과도 맥락이 닿아 있었다. 언론과 인터뷰를 하면서 이 모든 것은 언눈의 복수일 뿐이라고 주장한 아이들도 있었지만 세상이 믿어주지 않았기에 기사화되는 일도 없었다.

내 눈으로 직접 본 것은 아니지만 두성고교 교기가 몇 뼘쯤 내려간 조기의 상태였다는 것과 학교 유리창에 인신매매라는 글자가 붉은 페인트로 쓰여 있는 것을 여러 아이가 목격했다는 소문도 들렸다. 교기를 다시 올리면 한 시간도 지나지 않아 또다시 조기로 바뀌어버렸으므로 학교는 결국 두성고교의 깃발을 내리고 말았다고 했다.

구승재는 학교를 떠났다. 교장 폭행죄로 감옥에 간 것은 아니었다. 구승재가 끌려간 곳은 바로 정신병원이었다. 방학식 이후 집에서도 수차례 이상행동을 보여 구승재의 아내인 두성고교 동아리 담당 교사가 직접 나서 자기 남편을 정신병원에 입원시켰다고 했다. 살아 있지만 살아 있는 것이 아닌 곳, 이름은 있지만 그 이름으로 불리지 않는 그곳에서 구승재는 자신이 여전히 교사라는 착각으로 다른 환자들을 모아놓고 수학을 가르쳤지만 알아듣는 사람이 한 사람도 없었다는 소문이 후기처럼 떠돌았다.

구승재는 그렇게 언눈이 되어 우리 곁을 떠났지만, 그 같은 결과가 나와 친구들을 만족스럽게 한 것은 아니었다.

"사모님 교권침해 한 거 혼내려고 저를 나오라고 한 거예요?"

꽃선녀가 전하는 하수정의 목소리에는 분노가 실려 있었다. 어느 건물(아마도 패스트푸드점) 로비에서 하수정은 사람들의 시선은 아랑곳하지 않고 구승재를 향해 턱을 치켜든 채 바락바락 악을 쓰고 있었다고 했다.

"잠깐, 잠깐만."

꽃선녀가 스크린을 설명하는 동안 절대 끼어들면 안 된다고 미리 경고했는데도 나는 가만히 앉아 끝까지 듣고 있기가 거북했다. 손화정도 화를 참지 못하고 있었다.

"지금 구승재가 수정이 언니를 패스트푸드점으로 불러낸 게 자기 아내 교권침해 한 것 때문이라는 거야?"

"미쳐!"

구승재도 도서관 담당교사도 명색이 선생님인데 교권침해라는 말도 안 되는 프레임을 그렇게까지 주장했다는 게 믿어지지 않았다. 하지만 그보다 더 기막힌 이야기도 들려왔다.

"넌 감자 한 알 값도 안 되는 존재야, 알아?"

엘리베이터를 이용해 하수정을 끌고 옥상으로 올라간 구승재가 한참의 말다툼 끝에 화분 하나를 집어던졌는데, 거기서 쏟아져 나온 감자 알맹이를 짓밟으면서 그렇게 말했다는 것이었다. 감자 한 알 값도 안 되는 존재라니, 그 말은 용서가 되지도 않았고 잊어버릴 수도 없어서 이후 수제 요구르트를 먹으면서도 떠오르고, 길을 가다가도 떠올랐으며, 심지어는 꿈에서도 가장 심각한 현실문제가 되어 나를 자극했다. 이나리 역시 자신이 시설에서 살고 있다는 현실보다 더 충격적인 한 마디였다고 털어놓았고, 손화정은 우리를 두성고교에 넘긴 대가로 마누라를 취업시키고도 더 큰 것을 노린 모양이라고 비꼬았다. 구승재로부터 감자 한 알 값만도 못한 존재라는 말을 들은 하수정은 구승재를 들이박기 위해 그대로 맹수처럼 달려들었다고 했다. 하지만 결과는 참혹했다. 구승재는 달려드는 하수정을 피했고, 무방비적이었던 하수정은 순식간에 난간 너머로 미끄러져 에어컨 실외기의 연결 부위를 잡고 버둥거리다가 옥상 아래로 추락하고 말았다는 것이었다.

꽃선녀가 말했다.

"하수정은 앞으로도 당분간 그 행동을 반복할 것 같아."

"그 행동?"

"온몸으로 구승재를 들이박는 것."

통쾌하다는 생각은 들지 않았다. 하수정은 죽었고, 우리는 다시 만날 수 없었기 때문이다. 게다가 기껏 구승재 같은 인간을 들이박는 것을 하염없이 반복해야 한단 말인가.

이후 꽃선녀로부터 몇 가지 정보를 더 들었다. 옥상 아래로 떨어진 하수정을 멀리서 지켜본 구승재가 모른 척하며 미꾸라지처럼 현장을 빠져나갔다는 이야기와 하수정이 병원 중환자실에서 마지막으로 눈을 떴다가 "감자!" 하고 소리치더니 고개를 아래로 떨어뜨렸다는 이야기였다. 꽃선녀는 그게 이승에서의 마지막 장면인 것 같다고 했다.

"빌어먹을 감자 한 알!"

우리는 분통을 터트렸다. 절대 잊지 않을 작정이었다.

그즈음 중간수사 결과가 발표되었다. 하수정의 사인이 자살일 가능성이 크다는 의견이 솔솔 흘러나왔다. 공교롭게도 꽃선녀를 만나러 갔다가 그 집을 나오는 순간 뉴스를 접했고 억울함과 분함을 이기지 못한 우리는 산으로 올라가 목 놓아 울면서 분통을 터트렸다.

"이대로 끝낼 수는 없어!"

나는 언눈과 만났던 나무 계단은 물론 등산로 입구까지 올라가 친구들과 함께 둘러보면서 거듭 다짐했다. 손화정은 자신이 그린 구승재의 몽타주를 나무에다 붙이고 스카치테이프로 고정시켰다. 두성으로 진학하지 않으면 네 꿈은 어떻게 되느냐고 물었더니 다른 고등학교에 가서 몽타주 제작 동아리를 직접 만들 거라고 했다. 이미 어느 정도 준비를 마쳤다는 것이었다. 이나리는 언눈과 내가 만났던 자세한 위치를 알고 싶어 했다.

"여기야, 언눈은 여기에 비스듬하게 서 있었고, 나는 거기, 화정이 네가 서 있는 거기쯤 앉아 있었어."

그런 다음 무슨 이야기를 나누었는지 낱낱이 들려주었다.

"언눈은 여기서 하늘을 올려다보다가 팔을 벌리면서 나를 쳐다보곤 했어. 이렇게 나무와 나무 사이를 빙빙 돌기도 했고. 지금 보니까 나뭇가지 때문에 시야가 꽉 막혀 있는데 언눈은 여기서 뭘 보려고 했던 걸까?"

"난 알 것 같아."

이나리가 말했다.

"나무와 나무는 각자 존재하면서도 가지와 가지들이 서로 빽빽하게 얽혀 있잖아. 아무리 바람이 불어도 서로를 믿고 의지하는 한 쉽게 넘어지지 않아. 아마 땅속에서도 뿌리와 뿌리들은 질기도록 엉켜 있겠지?"

"우리도 그러자."

"그렇게 살자."

나와 친구들은 서로 껴안고 죽을 때까지 나무처럼 살자고 다짐하며 나무 한 그루를 가운데 두고 감싸듯이 어깨동무를 했다. 우리는 모두 그것이 하수정이 우리에게 남긴 마지막 당부라는 것을 알고 있었다.

"함께 해줘서 고마워."

손화정의 말이었다. 나와 이나리도 고맙다고 말했다. 우리는 서로를 고마워하면서 산을 내려왔다.

글을 읽고